쥐뿔도 없는 회귀

쥐뿔도 없는 회귀 15

목마 퓨전 판타지 장편소설

초판 1쇄 찍은 날 | 2019년 6월 14일
초판 1쇄 펴낸 날 | 2019년 6월 21일

지은이 | 목마
펴낸이 | 예경원

기획 | 위시북스
편집책임 | 이규재
편집 | 위시북스

펴낸곳 | 예원북스
등록번호 | 제396-2012-000132호
등록일자 | 2012. 7. 25
KFN | 제1-427호

주소 | 경기도 고양시 일산동구 호수로 646-24 위너스21 II빌딩 206A호 (우)10401
전화 | 031-819-9431 팩스 | 031-817-9432
E-mail | yewonbooks@naver.com

ⓒ목마, 2018

ISBN 979-11-6424-336-5 04810
        979-11-6098-833-8 (set)

쥐뿔도 없는 회귀

15

목마 퓨전 판타지 장편소설

WISHBOOKS FUSION FANTASY STORY

Wish Books

쥐뿔도 없는 회귀

CONTENTS

1장
마왕(2)

"하하……."

웃음소리를 길게 흘리며 김종현이 내려온다.

검은 로브를 펄럭거리며 붉은 눈을 빛내는 그는, 처참하게 뭉개진 도시의 잔해와 셀 수 없이 많은 좀비의 군세를 뚫고 온 성기사들에게 있어서 이 세상 그 누구보다 마왕답게 보였다. 아니, 지금의 김종현은 실제로 마왕이었다.

'성기사들이 도움이 될까?'

성기사와 사제들이 발하는 신성력은 김종현에게 있어서는 상극인 힘이다.

하지만 그것도 격의 차이가 너무 크다면, 통용되지 않는다.

김종현은 즉시 행동에 나섰다. 격의 차이가 크다고는 해도 귀찮다.

김종현의 양손이 빠르게 움직였다. 마력에 휘감긴 손이 공간을 찢었고 그에 겹쳐서 마법이 발현되었다.

꽈아앙!

김종현의 주변에서 시커먼 불길이 솟구쳤다. 불길과 불길이 이어 붙으면서 원형의 고리가 되었다. 그것은 연쇄적으로 터져나가며 불꽃의 폭풍을 만들었다.

성기사 수십이 비명조차 지르지 못하고 불길에 휘말렸다. 테레사의 얼굴이 하얗게 질렸다. 불꽃의 폭풍 속에서 웃으며 손을 휘젓는 김종현은 이성 없는 좀비들과는 너무나도 달랐다.

사람이, 사람을, 웃으며 죽이고 있다. 테레사에게 있어서 그것은 당연스러운 상식 중 하나를 박살 내는 현실이었다.

이성민이 앞으로 달렸다. 그는 성기사들의 머리 위를 뛰어넘고서 김종현을 향해 창을 내리찍었다. 김종현은 즐거운 미소를 지어가며 양손을 들어 이성민의 창을 향해 펼쳤다.

방어 결계가 만들어지는 것을 확인한 즉시 이성민의 모습이 자색 전류에 휘감겼다.

질풍신뢰로 순식간에 아래로 내려온 이성민은 텅 비어 있는 김종현의 옆구리를 향해 창을 찔렀다.

꿰뚫리기 직전에 김종현이 몸을 비틀었다. 옆구리를 아슬아슬하게 스친 창이 그의 로브를 찢었다. 김종현과 이성민의 눈이 마주쳤다.

"꿇어라."

김종현이 중얼거렸다.

-쿠우웅!

어마어마한 무게의 압박감이 이성민의 어깨를 짓눌렀다. 순간 무릎에 힘이 풀려 주저앉을 뻔하였으나 이성민은 간신히 압박감을 버텨냈다. 아주 잠깐 굳게 만든 것으로 충분하다. 김종현의 양손이 이성민을 향했다.

키이이이잉!

귓가에 찢어지는 이명이 들린다. 다섯 개의 자그마한 마법진이 이성민의 몸을 뒤덮었다.

"쾅."

김종현이 소곤거렸다.

콰아아앙!

소곤거렸던 목소리와는 비교도 할 수 없는 큰 소리가 났다. 폭발에 휘감긴 이성민을 보고서 김종현은 몇 걸음 뒤로 물러섰다. 전투를 겪을수록 그는 성장하고 있다.

육체 능력도, 언령도, 마법의 소양도. 그는 점차 전투에 임하는 마왕의 시야에 익숙해지고 있었다. 일시적이라고 해도 상관없다.

김종현은 이 마법이 유지되는 동안 자신이 성장하는 속도와 남은 지속시간에 대한 계산을 끝냈다.

예상보다 자신의 성장이 더디다고 하더라도. 마법의 지속이 끝나기 전에 게르무드의 상황은 완전히 정리할 수 있다.

'마법사 길드장은 힘을 잃었다. 굳이 대주술사를 죽이려 들 필요는 없고. 성기사와 신관 정도만 죽여 놓고.'

이성민을 어떻게 할지는 아직 결정하지 않았다. 동료로 삼고 싶은데. 그런 미련은 아직 사라지지 않았다.

"이놈!"

성기사들이 덤벼들었다. 신관들의 버프 마법을 휘감고서 뛰어드는 성기사들의 몸에서는 눈부신 백광이 흐르고 있었다.

껄끄러운 빛이다. 격 낮은 언데드라면 그랬겠지. 김종현은 피식 웃으면서 양손으로 허공을 훑었다.

그의 손이 허공을 훑을 때마다 새카만 빛을 발하는 자그마한 마법 탄환이 만들어졌다.

매직 미사일은 캐스팅도 술식도 필요 없는 단순한 마법이다. 그런 마법이라도 충분한 마력을 불어넣는다면 사람 하나 꿰뚫기에는 충분한 위력을 갖는다.

파바바박!

수백 다발의 마법 탄환이 쏘아졌다. 성기사들의 갑옷과 방패는 그들을 보호해 주지 못했다.

탄환에 꿰뚫린 말이 발작하며 성기사들을 낙마시켰고, 그런 성기사들이 다시 탄환에 꿰뚫렸다.

"정신 차리십시오!"

대주교가 윽박을 지르고 나서야 테레사가 화들짝 놀라며 이성을 찾았다.

그녀는 덜덜 떨리는 손으로 로자리오를 잡았다.

후우우웅!

테레사에게서 환한 빛이 터져 나왔다. 치명상을 입었지만 죽지는 않은 성기사들이 비틀거리며 몸을 일으켰다.

순식간에 상처가 치유되는 것을 보며 김종현은 머리를 끄덕거렸다.

적어도 성인이라는 테레사의 신성력 정도는 인정할 수밖에 없었다.

하지만 위협적이지는 않다. 치명상으로 죽일 수 없다면 즉사시키면 되는 일 아닌가. 김종현은 양손을 가슴 앞으로 모았다. 수인을 맺으며 그는 빙그레 웃었다.

거듭해서 터지는 폭발 속에서 호신강기를 유지하고 있던 이성민은 폭발의 밖으로 빠져나왔다.

그런 이성민이 본 것은 바닥에 널브러진 성기사와 그들이 타고 있던 말의 시체 무더기였다.

주춤거리며 뒤로 물러서는 신관들을 상대로 김종현이 양손을 내밀고 있었다. 신관들이 일으킨 백색 결계가 김종현이 쏘아낸 마법에 의해 박살 났다.

힘이 부친 신관들이 피를 토하며 자리에서 무너졌다. 후방의 중심에서 손을 모으고 있던 테레사의 두 눈에는 눈물이 가득 차 있었다.

'몇이나 살았지?'

폭발 결계에 가둬졌던 것은 몇 분도 되지 않는다. 그사이에 성기사들 태반이 전멸했다. 살아남은 것은 백은기사단장인 테오스를 비롯하여 열 명이 채 되지 않았다.

신관들도 치명적인 타격을 입은 것은 마찬가지였다. 대주교나 테레사는 아직까지 서 있었지만 대부분의 성기사는 주저앉아 쉰 목소리로 기도를 읊는 것이 고작이었다.

군중은?

시체가 많았다. 너무나도 많았다. 몇 분 사이에 수천이 죽었다. 머릿수만 많은 그들은 좀비와 싸우는 것은 가능했지만 마왕과 싸우는 것은 불가능했다.

으레 그런 법이다. 옛날이야기에도 많이 나오지 않나. 마왕과 싸울 수 있는 것은 군대가 아닌 용사뿐이다.

누군가가 이성민의 발목을 붙잡았다. 거친 호흡을 가다듬으며 아래를 보니, 죽기 직전의 남자가 핏발 선 눈으로 이성민을 올려 보고 있었다.

"제발……."

말은 끝까지 이어지지 않았지만, 이성민은 그가 자신에게 무엇을 기대하고 있는 것인지 알았다.

옆구리가 터진 테오스가 땅을 뒹굴었다. 상처를 부여잡고 신음할 새도 없다. 신성력이 그를 비추자 상처가 순식간에 재생된다.

이제 그만 죽고 싶어도 죽지 못하는 것이다. 비틀거리며 일어선 그는 다시 김종현을 향해 달려들었다.

성기사의 수는 열 명도 안 되게 줄었지만, 그만큼 신관과 테레사의 빛이 수가 줄어든 성기사들을 돌보았다. 그러한 가호는 김종현의 공격에서 즉사를 피하게끔 만들어 주었다.

김종현이 종언의 첫 번째 재앙이다.

제니엘라가 했던 그 말은, 조금 의문이었다. 김종현이 하고자 하는 일은 결국 종언을 벗어나게끔 하는 것이었으니까.

처음 김종현이 하고자 하는 일이 무엇인지 들었을 때에는, 대마계와 연결되는 것이 종언은 아니어도 종언에 준하는 일이기에, 제니엘라가 그렇게 말한 것이라고 여겼다.

지금은 아니었다. 대마계와의 연결을 떠나, 김종현은 종언 그 자체였다.

다시 한번. 가슴이 함몰되어 뒹구는 테오스와 이성민의 눈

이 마주쳤다. 무너진 결계를 다시 일으키고 기도를 내뱉는 신
관들이 이성민을 보았다. 테레사도 이성민을 보았다.

안다. 그들이 무엇을 기대하고 있는 것인지. 무엇을 바라는
지, 무엇에 간절한지.

종언에 대해 모르고 있다 해도 그들은 김종현을 막는 것에
간절했다.

제발.

발목을 잡았던 남자가 한 말이 머릿속을 맴돌았다. 귀창이
라는 별호. 마인으로 취급을 받는데. 이곳에서 이성민은 마
왕과 대적하는 용사가 되어 있었다.

그런 취급이 기분 좋지는 않았다. 하지만, 그 역시 간절하기
에. 종언을 막고자 하는 것도, 김종현을 막고자 하는 것도 이
성민에게는 간절했다.

[위험해.]

허주가 경고한다.

[한계에 가깝다. 볼란데르와의 싸움은 너에게 많은 부담을
주었어. 그리고 김종현이 네 생각보다 너무 강했지. 요력을 너
무 많이 사용했다.]

사마련주가 남긴 유언에 대해 읽었을 때.

이성민은 스스로 선택했다. 요괴가 될지 모른다고 해도, 사마련주의 힘을 계승하기로. 사마련주는 그렇게까지 하면서 이성민에게 '앞으로의' 가능성을 주고자 했다. 성장이 정체되어 있는 이성민에게, 앞으로 나아갈 수 있는 길을 제시해 주고자 했다.

믿었다. 요괴가 되지 않을 것이라고. 사마련주가 그것을 믿고 이성민에게 자신을 먹으라 유언을 남긴 것처럼.

단전 안에 요력이 가득 찼다.

흑뢰번천의 내공이 요력과 뒤섞였다. 요력이 전신으로 퍼져 나간다. 버프 마법까지 걸었다. 온몸을 짓누르던 피로감이 완전히 사라졌다. 두통은 사라지지 않았다.

부족했다.

더.

언제부터인가 이성민은 스스로에게 안전장치를 걸고 있었다. 폭주하지 않을 정도로만 힘을 써왔다. 창왕과의 싸움에서 끝내 요력이 폭주하기는 했지만, 그때에도 이성민은 최대한 써서는 안 될 힘을 조절하려 애를 썼다.

이성민이 진심으로, 자기 자신 따위는 어찌 되어도 좋다는 마음으로 힘을 끌어냈던 것은 루베스에서 위지호연을 지키기 위해 암존과 싸웠을 때뿐이었다.

그 이후로는 쭉 안전장치를 유지했다. 어르무리의 요력을 흡수한 후로는 더욱 그를 조심했다. 하지만 지금은 아니다. 여기서 김종현을 막지 않는다면. 아니, 죽이지 않는다면.

두근.

심장이 크게 뛰었다.

쩌지지지직!

공간을 찢고 들어온 일격에 김종현의 정신이 순간 날아갔다.

온갖 종류의 방어막이 인챈트되어 있는 로브가 그 일격에 가루가 되어 사라졌다. 한참을 날아간 김종현의 몸은 건물을 으깨면서 땅에 처박혔다. 뭐지? 김종현은 급히 정신을 차렸다.

자색의 번개가 하늘에서 떨어지고 있었다. 멈춰라. 김종현은 언령을 내뱉으면서 양손을 펼쳤다.

진한 색의 결계가 김종현의 앞을 가로막았다. 방어로 최소한의 시간을 번 뒤에 블링크로 빠져나간다.

그는 순식간에 이 상황에서 가장 올바른 행동을 이행했다.

'아니……'

틀렸다.

언령이 찢겼다. 내리찍는 번개는 언령에 멈추지 않았다. 힘은 그대로, 김종현이 만들어낸 결계를 찢었다.

이성민은 내리꽂은 창을 뽑았다.

가까스로 블링크를 펼치는 것에는 성공했다. 몸의 절반이 완전히 날아가기는 했지만, 김종현의 불사력은 죽음을 거부한다.

이성민은 묵묵히 머리를 돌려 하늘을 보았다. 그 올려다보는 시선에 김종현은 등골이 오싹해지는 것을 느꼈다.

'말도 안 돼. 더 강해졌다고……?'

마왕의 성장력을 가지고 있는 것도 아니면서. 설마 저만한 힘을 아직까지 숨기고 있었다는 건가?

김종현이 혼란을 느끼는 동안 이성민은 가만히 있지 않았다. 그의 손안에서 창이 한 바퀴 돌았다.

창은, 가볍게 쏘아낸 것 같았지만 김종현에게는 아니었다. 방어 결계가 또 한 번 박살 났다. 김종현은 왼팔을 내주면서 앞으로 날았다.

시커먼 마력이 휘감긴 그의 손이 이성민에게 향했다. 이성민은 창을 쥐지 않은 손을 김종현에게 마주 뻗었다.

쿠와아앙!

밀려난 것은 김종현이었다. 그는 자신의 양팔이 사라진 것을 보았고 급히 언령을 내뱉었다. 멈춰라, 멈춰라. 거듭해서 언령을 외었지만 이성민은 멈추지 않았다.

'이건…….'

가슴 깊은 곳에서, 기분 나쁜 예감이 스멀거리며 올라왔다.
여기서 죽을지도 모른다는 예감이.

아벨은 비틀거리며 일어섰다. 그는 어쩔 줄 몰라 하는 자신
의 형을 무시하며 품 안에서 무언가를 꺼냈다.

예전에 청색 마탑주에게서 빼앗았던 것. 이성민의 피를 통
해 뽑아낸 드래곤의 혈청이다.

"프라우, 이만하면 되었다."

아벨은 혈청의 뚜껑을 열며 말했다.

"네 덕분에 여기까지 하는 것은 성공했지만, 설마 이렇게 될
줄은 몰랐어."

"……아벨."

"너는 이 도시를 떠나라. 괜히 휘말리지 말고. 지금이라면
몸 하나 빼기에는 아직 안 늦었다."

"너…… 뭘 하려는 거냐?"

아벨은 대답 대신에 드래곤의 혈청을 모조리 목으로 넘겼다.
고갈되어 있던 마력이 충만하게 차올랐다. 혹시 몰라서 가지고
있던 드래곤의 혈청이다. 설마 쓰게 될 줄은 몰랐지만, 아벨은
자신이 미리 이런 준비를 해두었던 것을 다행이라 여겼다.

하지만 부족하다.

"형님."

아벨은 천천히 카인을 돌아보았다. 두 눈도 잘 보이지 않고, 다리도 움직이지 못하는. 간신히 노화를 억누르고 있는 자신의 형을. 아벨의 손끝이 루비아에게 향했다.

"형님은 어떻게 생각할지 모르겠지만."

팟.

터진 빛이 루비아를 덮쳤다. 그것은 루비아가 대응할 수 없을 정도로 빨랐다.

빛에 휘감긴 루비아의 두 눈이 멍하니 풀리더니 그 자리에서 주저앉았다. 카인의 어깨가 흠칫 떨렸다.

"나는, 지금 형님이…… 나름의 죗값을 치러야 한다고 생각합니다."

"나…… 나는……."

"변명은 하지 마십시오."

루비아가 누구인지는 모른다.

악의는 없다. 그녀를 굳이 기절시킨 것은, 앞으로 아벨이 하고자 하는 일에 그녀가 발작할 것이 틀림없었기에. 아벨은 프라우에게 시선을 보냈다.

"귀찮게 여기지 말고. 저 누군지 모를 수인도 데리고. 도시를 나가라."

"나는 누군지 알아."

프라우는 아벨이 무엇을 하고자 하는지 알았다. 그녀는 씁쓸한 표정을 지으며 아벨을 바라보았다.

"……괜찮겠어?"

"어렸을 때부터 하고 싶었던 일이야."

"아니, 그거 말고."

"뭘 새삼스럽게."

아벨은 피식 웃으면서 카인을 향해 다가갔다. 휠체어에 앉은 카인의 어깨가 바르르 떨렸다.

젯값.

카인은 동생이 한 말에 아랫입술을 잘근 씹었다. 그도, 나름대로 세상을 구하려 했다.

종언이라는 운명에서 이 세상을 구하고 싶었다. 하지만……세상을 구해봤자 자기 자신이 죽는다면 무슨 소용이란 말인가.

"……내가 잘못한 건가?"

"자기 목숨 보전하고 싶어 하는 것이 잘못된 것은 아니지."

아벨이 중얼거렸다.

"하지만. 이런 식으로 다 된 밥에 재를 뿌리는 것은 잘못된 거요. 형님이 의도하지 않았다 해도."

"그래서…… 나를 죽이겠다고?"

"일이 이렇게 되어버려서, 내가 좆같다고. 그것만으로 형님을 죽이겠다는 것은 아닙니다."

그것도 상당 부분을 차지하기는 하겠지만. 아벨은 손을 들어 카인의 목을 움켜잡았다. 카인의 입이 쩍 벌어졌다.

불로불사는 많은 마법사가 추구하던 비원이다. 그런 불로불사의 대부분은 마법의 힘으로 가진 수명을 길게 늘이는 것이다.

그것이 한계다. 적어도 마법사 길드가 허용하는 불로불사의 범위는 거기까지였다.

하지만 금기 쪽으로 간다면 이야기가 다르다. 타인의 수명을 빼앗아 자기 자신의 수명으로 삼는 것.

금기로 정해진 흑마법이다. 마법사 길드장이라는 위치에 있으니 몇 번 접해 본 적은 있었어도 여태까지 단 한 번도 사용해 본 적은 없다.

설마 이 마법을 사용하는 상대가 피를 나눈 형이 될 것이라고는 생각해 본 적이 없었다.

그리고, 설마 자신이 이 금기를 범하게 될 것이라고도 생각해 본 적이 없었다.

"커…… 으으으……."

아벨의 손이 카인의 목을 조인다. 카인은 입을 벌리고 고통스러운 신음을 흘렸다.

죗값.

어쩔 수 없다. 납득하려 함에도 카인은 손을 허우적거렸다.

죽고 싶지 않았다.

어르무리 때에는 삶에 미련을 갖지 않으려고 했다. 하지만 지금은 아니었다. 정령계에 오면서 종언의 운명에서 완전히 벗어났기 때문에. 아니, 적어도. 카인은 잘 나오지 않는 목소리를 쥐어짰다.

"내가…… 죽는 것으로…… 종언…… 막을…….:"

"모릅니다."

아벨은 표정 없는 얼굴로 대답했다.

"형님 덕에 막을 수 있던 것을 못 막게 되었으니까."

끔찍한 죽음.

카인은 의식이 끊어지기 직전에, 자신의 운명의 끝에서 기다리고 있다는 끔찍한 죽음이 무엇인지 이해했다.

모든 것을 잃고. 살았던 평생마저 부정당했다. 이 상황에서 그 누구도 카인을 구원해 주지 못했다. 누구도 카인을 동정해 주지 않는다.

그렇게, 친동생에게 경멸을 받으며 목이 졸려 죽는다. 한때 인간 중 가장 뛰어났던 대마법사였다는 것도 지금의 그에게는 가치로서 남지 않았다.

그렇게 카인은 죽었다.

아벨은 양손을 놓았다. 목이 부러진 카인의 몸이 휠체어 밖으로 널브러졌다. 아벨은 우울한 눈으로 카인을 내려 보았다. 그는 카인의 수명을 빼앗았다.

'얼마 되지도 않는군.'

금기를 범했다는 스스로에 대한 혐오를 삼키고, 아벨은 몸을 돌렸다.

얼마 되지 않는 수명이지만 이것으로 충분했다.

이성민이 김종현을 죽일 수 있는가.

아벨은 그에 대해서 생각해 봤다.

아마 그것은 불가능할 것이다. 김종현이 가지고 있는 불사가 완전한 것이 아니라고는 해도. 죽지도 않는 놈을 완전히 죽이는 것은 결코 쉬운 일이 아니다. 이성민이 김종현보다 압도적으로 강하다면 또 모를 일이지만.

'놈은 위험해.'

아벨은 그 사실을 경시하지는 않았다. 아벨은 이성민의 사정을 잘 알고 있다.

이성민 스스로가 자신의 불안점을 의식하고 있고, 이미 그에 대해 아벨에게 상담을 해왔었다. 어쩌면, 정말로 어쩌면. 그가 바로 종언일지도 모른다.

이성민이 가진 불완전한 봉인은 언제 풀릴지 모른다. 죽지도 않는 김종현을 상대로 이성민이 무리하게 둘 수는 없었다.

카인은 이성민을 믿지 않았지만, 아벨은 이성민을 믿었다.

녀석은 종언이 아니다. 스스로 종언이 아니라 여기고 있는 이상, 녀석은 절대로 종언이 되지 않을 것이다.

'짐을 지워 줄 수는 없지.'

이 상황에서, 김종현은 필사적이지 않다.

데스나이트의 군주를 잃었고, 데스나이트 군단이 와해되었다고는 해도.

김종현에게 있어서 재기를 꿈꾸지 못할 손해라고는 할 수 없을 것이다.

김종현에게는 다음이 있다. 상황이 여의치 않게 된다면 얼마든지 이 장소에서 이탈할 수가 있단 말이다.

김종현 수준의 마법사가 마음먹고 도망치려고 한다면, 이성민으로서는 그를 잡을 수가 없을 것이다. 그래서는 안 된다. 무슨 수를 써서도, 김종현은 오늘 없애 버려야 한다.

아벨의 등 뒤에는 카인이 죽어 있었다. 아주 어렸을 때부터, 형인 카인은…… 아벨에게 있어서 꼭 넘어야 할 대상이었다.

마법에 대한 재능도, 감각도. 어린 시절부터 카인은 아벨보다 뛰어났다. 철이 들기 전부터 아벨은 언젠가 반드시 형을 뛰어넘고 말겠노라 바라왔다.

철이 든 후부터는, 어떻게 해야 형을 마법전에서 쓰러뜨릴 수 있을지 진지하게 고찰하고 수행해 왔다.

적어도 이런 식으로 형을 죽이게 될 것이라고는 생각도 해

본 적이 없었다. 형을 죽였다는 사실보다는, '이런 식으로' 죽였다는 것이 아벨의 기분을 더럽게 만들었다.

마법을 겨룬 것도 아니다. 그의 형은, 아벨이 어린 시절 뛰어넘고 싶었던 위대한 마법사로 남지 않았다.

너무 많은 것을 알아버렸고, 그 무엇보다 자기 자신의 목숨만을 보전하는 것을 바랐다. 아벨이 어린 시절 동경했던 모습은 조금도 남지 않았다.

아벨은 씁쓸한 기분을 씹어 삼켰다. 이런 식으로 형을 죽였다는 것과 함께, 평생 범하지 않았던 금기를 범했다는 것이 아벨을 더욱 불쾌하게 만들었다.

어쩔 수 없다. 그런 식으로 위안을 하지는 않았다. 어차피 그는 오래지 않아 금기를 범한 것과 제 손으로 친형제를 죽였다는 것에 대한 죗값을 치르게 될 것이다.

"부탁한다."

드래곤의 혈청을 마신 덕에 몸 안에 마력이 가득했다. 친형을 죽이고 금기를 범한 덕에 부족한 수명도 어느 정도 채워졌다.

아벨은 마지막으로 프라우를 보았다. 프라우는 씁쓸한 눈으로 아벨을 보며 머리를 가로저었다.

"잘 가…… 라고 해야 할까?"

그 말에 아벨은 피식 웃었다. 프라우는 한숨을 푹 내쉬며 알라두르에게 눈짓을 주었다.

알라두르는 재빨리 쓰러진 루비아를 부축했다. 아벨은 거추장스러운 로브를 벗고서 머리를 돌렸다.

콰콰거리며 쉼 없이 폭음이 터지는 곳. 다행히 아직 김종현은 저곳에 있는 모양이었다.

'요정의 여왕이 잠들어서 다행이군.'

적어도 카인을 죽인 것에 대해 그녀가 날뛸 일은 없을 테니까.

이건.

생각이 뚝 끊어진다. 그런 잡념을 허락하는 상대가 아니었다. 겹친 방어 결계가 유리창처럼 쉽게 쪼개졌다.

적중 직전에 블링크를 펼쳐 회피.

도약한 공간에 기다렸다는 듯이 공세가 덮쳐온다. 저것은 더 이상 창술이라고 할 수도 없었다. 무자비하고 광범위한 폭력이 공간을 휩쓸었다. 치명상은 피해야 한다.

한 번 밀리기 시작하면 답이 없다. 김종현이 손에 넣은 불사는 완전하지 않다. 재생이 순식간이라도 의식이 끊어질 정도의 치명상을 입는다면 몸을 뺄 틈도 없이 몇십 번의 죽음을 맞닥뜨리게 될 것이다.

마법사인 김종현이 육탄전으로 이성민을 압도할 수 있었던 것은, 전투 도중에도 계속해서 성장하는 마왕의 육체를 가졌기 때문이다.

하지만 지금은 아니다. 비슷하거나 조금 처지는 정도여야 성장함으로써 우위를 점할 텐데, 지금의 이성민과 김종현 사이에 있는 격차는 조금 처지거나 비슷한 정도가 아니었다.

지금도 김종현은 계속해서 성장하고 있다. 그런데…… 밀린다. 마왕으로서의 전투 본능으로 쉼 없이 활로를 찾고 유리한 고지를 점하기 위해 움직이고 있었으나, 이성민의 속도와 공격의 위력, 범위는 그 모든 것을 완전히 씹어먹고 있었다.

[괜찮냐?]

'아직은.'

걱정스레 말을 거는 허주에게 빠르게 답한다. 기묘한 기분이었다. 머리는 깨질 것처럼 아프고 가슴 안에서는 심장이 너무 빠르고 세게 뛴다.

몸을 움직일 때마다. 순간이나마 두통이 느껴지지 않았다. 창을 휘두를 때마다 육체는 버티지 못하고 근육이 터진다. 그것을 즉각적으로 회복하면서 김종현을 몰아붙인다. 아무리 쏟아부어도 요력은 마르지가 않았다.

아직 멀었다. 사마련주의 흑뢰번천은 지금의 이성민보다 빠르고 날카로우며 강했다.

이성민은 사마련주가 아니었으나 그가 보여준 이상적인 무는 닮고 싶었다.

나답게. 그래, 나답게. 볼란데르와의 싸움의 마지막에서 들었던 것은 환청이었을까. 아니면 다른 세계로 나아 간 사마련주가 이성민에게 나아갈 길을 제시해 주었던 것일까.

"커흑!"

벌써 몇 번째인지. 김종현의 배를 이성민의 창이 꿰뚫었다.

내장이 모조리 찢기고 등판이 터져 나간다. 김종현은 혼미해지는 정신을 강제로 붙잡았다. 그의 양손이 회백색으로 물들었다.

콰르르르르!

창이 몸을 꿰는 것을 알면서도 피하지 않았던 것은, 아슬아슬할 정도의 시간이 필요했기 때문이었다.

그리고 이성민의 움직임을 최대한 늦추기 위해서.

행동을 구속하는 언령은 먹히지 않는다. 이미 몇 번이나 확인했다. 방어를 위한 언령도 소용이 없었다.

언령도 결계도, 지금의 이성민을 상대로는 너무나도 나약했다. 오직 공격만.

"터져라!"

김종현은 고함으로 언령을 발동했다.

쫘아아앙!

커다란 폭발이 이성민을 집어삼켰다. 고작해야 눈속임 정도밖에 되지 않는다. 언령으로 발동시킨 폭발이 그 정도 효과밖에 거두지 못하다니, 통탄할 노릇이다.

하지만 이건 다르다. 김종현은 광범위를 대상으로 멸혼 마법을 쏟아냈다. 혼 자체를 소멸시키는 이 마법은 아르베스가 평생을 바쳐 만들어낸 그의 독자적인 마법이다.

멸혼 마법을 상대로 호신강기는 제대로 된 방어 역할을 하지 못한다.

더 큰, 더 강한. 그런 공격으로 멸혼 마법이 펼쳐진 공간 자체를 박살 내야 한다.

파지지지직!

이성민의 몸이 한 줄기 번개가 되어 쭈욱 뒤로 물러섰다. 그렇게 거리를 벌리는 중에 그의 양손이 쥐고 있는 창은 맹렬한 회전에 휘감겨 있었다.

관천 뇌격.

하늘이 자주색으로 물들었다. 아래에서 그를 지켜 보고 있던 살아남은 성기사와 신관들은 환하게 터진 빛에 손으로 두 눈을 가렸다.

빛이 사그라들었을 때 하늘에는 아무것도 없었다.

빌어먹을. 김종현은 어울리지 않게 욕설을 내뱉었다. 멸혼 마법이 펼쳐진 공간 자체가 소멸되었다.

이게 어딜 봐서 창법이고 무공이란 말인가?

'시간은 얼마나 남았지?'

김종현이 계산한 대로라면, 지금쯤 이성민을 제압했어야 했다. 하지만 이게 뭔가. 제압은커녕 엉망으로 밀리고 있는 것이 현실이다.

'진짜로 위험해.'

머지않아 마법이 끝이 난다. 그렇게 된다면 도망치는 것도 힘들어질 것이다. 그래서는 곤란하다. 죽지 않아도 되는데 굳이 죽는 것은 김종현이 바라는 바가 아니었다.

그것으로 김종현은 마음을 먹었다.

다음이 있다. 아직 더 할 수 있는 일이 있다. 그런데도 죽는다? 말도 안 되는 일이다. 목숨에 미련이 없는 것과 멍청하게 죽는 것은 전혀 다른 일이다.

쿠르르르릉!

김종현을 중심으로 시커먼 어둠이 몰아쳤다. 그는 가진 마력을 모조리 끌어냈다. 그의 주변에 떠 있던 그리모어가 그의 마력을 받아 시커먼 빛을 발했다.

쉽게 도망치는 것이 불가능하다는 것쯤은 알고 있다. 그렇다면 전력을 다해 도망치기 위해 행동할 수밖에 없는 일이다.

김종현의 행동이 심상치 않다는 것은 이성민도 눈치챘다.

설마, 도망치려고? 지금 와서? 당연히, 보내줄 생각은 없었다. 이성민은 공중을 박차고 도약했다. 질풍신뢰를 통해 공간을 도약한다.

안다.

이성민의 움직임은 무공보다는 마법, 그것도 공간도약마법인 블링크와 닮아 있다. 그 자세한 원리는 모르겠지만 본래 존재하던 공간을 뛰어넘어 전혀 다른 공간에 나타나는 것은 블링크와 똑같다.

단지, 여러 부분에서 블링크라는 마법보다 우월할 뿐이다. 그 순간적인 속도도, 도약하는 거리도. 수준 높은 마법사의 이야기겠지만, 블링크는 만능이 아니다.

도약하고 새로운 공간에 나타나는 순간에 반드시 대기 중에 있는 마나의 요동침이 생겨나기 때문이다.

하지만 이성민의 질풍신뢰는 그런 현상조차 일으키지 않는다. 그렇기에 출현 위치를 예상할 수가 없다. 하지만…… 원리가 다를지언정, 저 알 수 없는 무공이 공간도약이라면.

김종현의 두 눈이 부릅떠졌다. 집중에 부하가 걸려 코에서 코피가 주룩 흘렀다.

그는 꽤 신중한 편이었고, 사용할 수 있는 수법이라고 해도 가장 적절한, 가장 큰 이득을 볼 수 있는 순간에 사용하기 위해 아껴둔다.

애초에 사용할 수 있다고 해도 쉽게 사용할 수 있는 것도 아니었고.

아득해진 정신의 집중 속에서 김종현은 공간을 가로지르는 한 줄기 번개를 포착했다. 마왕으로서의 감각과 전투에 특화된 센스가 순간이나마 그를 엿보게 만들어주었다. 지금이다. 김종현의 손이 비틀렸다.

질풍신뢰로 공간을 연달아 뛰어넘는 중, 이성민은 강렬한 위화감을 느꼈다. 위험하다. 볼란데르와의 싸움에서도 느껴본 적이 없던 치명적인 죽음의 예감이 그를 덮쳤다.

이성민은 급히 질풍신뢰를 멈추었다. 목표로 했던 공간에는 도달하지 못했다. 그것이 이성민에게 있어서는 다행이었다.

'이걸 피해?'

덕분에 김종현은 크게 당황할 수밖에 없었다. 아니, 그것으로 되었다.

너무 욕심을 부려서는 안 되지. 가장 위력적일 때 사용했다고 판단한 수가 허투루 돌아갔지만, 이성민에게 충분한 경각심을 심어주기에는 충분했다.

그것은 멀어지는 거리를 좁혀가는 속도를 더디게 만든다. 그만한 시간이라면 마법은 계속해서 펼칠 수 있다. 김종현의 양손이 아래로 향했다.

중력의 방향이 바뀐다. 허공을 도약하며 위로 솟구치던 이성민의 속도가 눈에 띄게 느려졌다.

거기에 언령을 중첩시키고 디버프 마법까지 불어 넣었다.

'됐다.'

만약을 위해 방어 결계도 온몸에 둘둘 감았다. 이성민과의 거리를 충분히 벌린 뒤에야 김종현은 안심했다.

이 정도 거리라면 이성민이 오기 전에 김종현이 몸을 빼기에 충분하다.

'아직 종언이 아니다.'

김종현은 그를 확신했다. 그렇다면 '다시' 할 시간은 얼마든지 있다는 것이다.

어쩌면 다른 일을 벌이게 될지도 모르지만. 그래, 이번의 실패를 교훈 삼으면 되는 일이다.

김종현은 아직 살아 있다. 살아만 있다면, 그래. 살아만 있다면 다른 것을 다시 할 수 있다.

'그래도 아쉽군. 거의 성공할 수 있었는데……'

아벨과 그리에스를 예상하지 못한 것이 실책이다. 그래, 괜찮다. 설마 다음에 또 아벨이 방해한다고 해도, 그때에는 충분한 대응을 할 테니까.

김종현을 악을 쓰며 달려드는 이성민을 힐긋 보았다. 그리고, 다음에도 당신이 방해를 하겠지. 당신이 이렇게까지 강했다는 것 역시 예상외였다.

'다음에는 조금 더 조심해야겠어.'

그래, 다음에.

'인사도 못 하고 가는 것이 아쉽군.'

아벨은.

하늘 높이 날아오른 김종현을 보며 그런 생각을 했다. 매정하다고 생각하지는 않겠지.

단지, 그럴만한 여유가 없었을 뿐이니까. 아벨은 쓰게 웃으며 그리에스를 펼쳤다.

마력도, 수명도. 아슬아슬하게나마 맞아 떨어진다. 아벨은 천천히 손을 뻗어 김종현을 가리켰다.

빗나갈 일은 없다.

'이럴 줄 알았다면, 처음부터 이 마법을 쓸 것을 그랬나.'

그때에는 설마 이렇게 될 줄은 몰랐으니까. 최후 방편으로 남겨 두기는 했지만 쓸 일은 없을 것이라 생각했다.

김종현이 불완전한 불사를 얻었을 것이라고도 생각하지 못했고. 정령계와의 연결이 이런 결과로 이어질 것이라고도 생각하지 못했으니까.

뭐, 되었다.

나는 여기까지다. 할 수 있는 모든 일을 했다. 이 세상을 종언이라는 운명에서 벗어나게 하기 위해.

아낌없이 수명을 바쳤다. 추하기는 해도…… 형을 뛰어넘고 싶다는 어린 시절의 바람도 이루었다.

그래도, 그래도. 미련이 없지는 않았다. 세상을 구하고 싶었는데. 아벨은 쓰게 웃었다. 이 세상이 언젠가 멸망한다는 것을 알게 되었을 때.

나 자신의 재능에 부족함이 없고, 그리에스라는 마도서까지 손에 있을 때.

아벨은 자신이야말로 이 세상을 멸망에서 구원할 수 있는 존재일 것이라 믿어 의심치 않았다.

아니었다. 결국 아벨은 종언이라는 운명을 바꾸지 못했다. 그가 할 수 있는 것은, 종언의 일부를 이 세상에서 지워버리는 것뿐.

"그래도, 그것이라도 할 수 있어 다행이군."

아무것도 하지 못한 형보다는 나을 테니.

아벨의 수명이 그리에스로 빨려 들어갔다.

"엇."

김종현은 그답지 않게 얼빠진 목소리를 냈다. 이런 일에 대해서는 조금도 예상하지 못했다.

키이이잉.

가느다란 백색의 선이 김종현의 주변 공간을 휘감는다.

뭐냐 이건.

하늘을 날던 김종현의 몸이 멈추었다. 그가 멈추고 싶어서
가 아니라, 그의 주변 공간을 휘감은 백색의 선.

그것이 만들어낸 정육면체의 결계가 김종현이 움직이는 것
을 허락하지 않았다.

'뭐야 이건?'

그는 급히 마법을 펼쳐 이 뭔지 모를 결계 공간에서 탈출하
려 했다.

그러나 실패했다. 블링크를 펼치는 것 자체가 불가능했다.

천천히, 천천히. 김종현의 몸이 아래로 추락하기 시작했다.
결계를 이루고 있는 백색 선이 점차 진해진다.

김종현은 급히 언령을 외었다.

부서져라.

언령조차 먹히지 않았다.

'이건……'

김종현의 두 눈이 바르르 떨렸다. 설마. 그는 급히 양손으로
허공을 훑었다.

빠르게 윈 영창이, 공간을 휘감고 있는 빛의 정체를 간파하
게 해주었다. 그를 확인하고서 김종현의 얼굴에 황당함이 어
렸다.

아니, 진짜로? 혹시나 싶어서 간파 마법을 처음부터 다시 펼
쳐 본다.

결국에 김종현은 큰 소리로 웃음을 터뜨릴 수밖에 없었다.

"하, 하하하하! 으하하하!"

대체 누가. 고민할 필요도 없었다.

이곳에서 이런 말도 안 되는 마법을 펼칠 수 있는 것은 마법사 길드장인 아벨뿐일 테니.

그래서, 그는 어디에 있지? 김종현은 광범위한 탐색 마법을 펼쳐 아벨을 찾아보았다.

저 아래에서 무릎을 꿇고 주저앉아 있는 아벨의 모습이 보였다.

그에게서 느껴지는 생명의 기운은 너무나도 미약했다. 아마, 머지않아 숨이 끊어지겠지. 그로서도 상당한 무리를 한 듯하니.

"대단하군. 아주…… 대단해. 설마 이런 방법이 있을 줄이야."

키이이이잉……!

그의 주변을 감싼 정육면체의 빛이 더욱 거세어진다.

아득한 상공에서 아래로 추락하며 김종현은 진심으로 감탄했다. 아벨이 남은 수명을 긁어모아 펼친 마법. 김종현이 어떤 수단을 쓴다고 해도 벗어나는 것이 불가능한 마법이다.

김종현이 할 수 있는 것은, 마법이 완전히 펼쳐지는 것을 넋 놓고 기다리는 것뿐.

한 번 펼쳐진 이상 마법에 포착된 대상이 자력으로 탈출하는 것은 불가능하다. 머지않아 마법이 발동될 것이다. 김종현의 두 눈이 마법의 진행을 살폈다. 가능하다면 좌표 정도만이라도 알아보고 싶었는데…… 아쉽기는 하지만 어쩔 수 없다. 오히려 모르는 편이 더 즐거울까.

'이렇게 끝?'

아벨이 펼친 마법은, 마법이 펼쳐진 대상을 시공간 밖으로 추방하는 마법이다. 마법은 이미 펼쳐졌다. 김종현이 아무리 죽지 않는 불사력을 갖추고, 마왕으로서의 힘과 격을 갖추었다고 해도.

이미 김종현이 존재하는 공간이 마법에 포착되어 있다. 좌표 설정이 끝난다면 김종현은 정육면체에 뒤덮인 공간과 함께 지금의 시공간에서 추방될 것이다.

에리아라는 차원을 떠나, 지금 시점에서 과거일지, 현재일지, 미래일지 모르는 전혀 다른 세계로 추방되는 것이다.

목숨은 보전할 수 있다는 것을 다행으로 여겨야 하나? 그래, 살아만 있다면 뭐든지 할 수 있을 테니까.

어딘지 모르는 곳으로 추방된다는 것은, 이런 상황에서도 김종현을 조금 들뜨게 만들었다.

그래도, 부족하다. 이대로 이 세상에서 추방되기에는 이 세상에서 충분한 일을 하지 못했다.

다른 이들이 보기에는 그렇게 여겨지지 않을지라도, 김종현은 아직 만족하지 못했다. 시간이 없다. 지금 당장 할 수 있는 일이 뭐가 있을까.

'아.'

추락하는 김종현의 눈에 이성민이 보였다. 김종현이 공을 들여 펼쳐 놓은 마법의 억압 속에서. 이성민은 천천히 그것을 찢어가고 있었다.

그러한 이성민의 모습에 김종현은 솔직하게 감탄을 느꼈다.

그는 평생을 마법을 익혔기 때문에 무공이라는 것은 잘 알지 못했다. 저 정도까지 가능하다면 나중에 시간을 들여 무공이라도 익혀 볼까.

물론 그것도, 추방되어 도달하게 될 세계에 무공이라는 것이 존재할 때의 이야기겠지만.

'그래.'

김종현의 손끝이 이성민에게 향했다. 당신과 만났기에 나는 이런 존재가 되었다. 당신에 의해, '지금'의 내가 인식하는 현실이 아닌 전생이라는 것이 존재한다 알게 되었다.

당신에 의해 전생의 내가 보잘것없는 존재였다는 것을 알게 되었다. 그래, 지금의 내가 이렇게 된 것의 시작은 당신과의 만남이었다.

'당신뿐입니다.'

이 세계에서 김종현이라는 인간의 시작이 이성민과의 만남 때문이었다면.

이 세계에서 김종현이라는 인간의 마지막을 장식하는 것은 당신이어야만 한다.

기왕이면 당신에게 죽는 것도 나쁘지 않았을 것 같지만. 그래도…… 이렇게 된 이상. 다른 방식으로 당신에게 마지막을 새겨주는 수밖에.

될지 안 될지에 대해서는 확신을 내릴 수가 없었다.

준비가 턱없이 부족했기 때문이다. 애초에 '이것'을 위한 준비도 갖추어 두지 않았다. 하지만 다행스럽게도, 제물로 삼을 만한 것은 충분했다.

게르무드에 모아 놓은 혼은 이미 다 사용되었지만, 성기사와 군중들과 싸우면서 손에 넣은 혼이 있다.

'마왕으로 반전시키는 것도 아니니까.'

마왕으로 반전시키는 것이라면 이보다 더한 제물과 의식의 준비가 필요했겠지만, 지금 김종현이 하고자 하는 것은 마왕으로서의 반전이 아니다.

인간이 아닌 다른 무언가. 그래, 무엇이 되어도 상관은 없다. 김종현이 이성민에게 새겨주고 싶은 것은 '절대로' 지워지지 않을 반전의 각인이다. 어떤 반전을 이룰지는 모르나, 한 번 반전한 존재는 절대로 다시 반전할 수가 없다.

김종현은 자신이 떠올린 발상이 마음에 들어 빙그레 웃었다.

이성민에게 다시는 지워지지 않을 반전의 각인을 새김으로써, 그는 쭈욱 이성민에게 기억될 수 있을 것이다.

'조금 아쉽기는 하군.'

김종현의 손끝이 이성민을 겨누었다.

키잉.

그의 손끝에서 새카만 빛이 어렸다. 이 공간에서 탈출하는 것은 불가능했지만, 바깥으로 마법을 펼치는 것이 불가능한 것이 아니라는 것이 김종현에게는 다행이었다.

그리고 이성민에게는 불행이었다.

파아아앗!

김종현의 몸뚱이가 사라졌다. 그를 휘감고 있는 정육면체 공간과 함께 에리아라는 시공간에서 추방되어버린 것이다. 그리고, 사라지기 직전에 김종현이 펼친 반전의 마법은 확실하게 이성민에게 적중되었다.

새카만 색의 가느다란 빛줄기가 이성민의 몸을 꿰뚫었다.

"어."

이성민의 입에서 그런 소리가 나왔다. 미친 듯이 펄떡거리던 심장이 멈춘다.

지끈거리던 두통도 순식간에 가라앉았다. 몸에서 들끓던 요력이 순간 고요하게 잠들었다.

허공에서 허우적거리던 이성민의 몸이 완전히 정지했다. 그리고, 그는 천천히 추락하기 시작했다.

[뭐야? 이봐, 야! 새끼야!]

이성민의 머릿속에서 허주가 당황하여 고함을 질렀다. 허주조차도 지금 무슨 일이 벌어진 것인지 알지 못했다.

이성민도 마찬가지였다. 의식이 순식간에 멀어진다. 뭐야? 멀어져가는 의식 속에서 이성민은 소름 끼치는 불길함을 느꼈다. 머나먼 의식의 저편에서 무언가가 꿈틀거리고 있었다.

쩌적, 쩌저저적.

깨지는 소리가 난다. 의식 깊은 곳에서. 누가 설명해 준 것도 아니었지만 이성민은 본능적으로 그 소리가 왜 나는 것인지 알았다.

봉인이 깨지고 있다. 요정의 여왕인 오슬라가 새겨주었던 봉인이. 대체 왜? 안 된다. 이성민은 필사적으로 의식을 붙잡으려 애를 썼다.

말도 안 된다. 왜 이런 일이 벌어지는 것인지 모르겠다. 요력을 너무 남발해서? 거듭된 육체의 재생이 봉인을 깨게 만들었나?

아니, 그럴 리가. 의식을 잃기 직전까지만 해도 크게 위험은 없었다. 이전보다 더 불안해졌다는 것은 의식하고 있었지만 이렇게 순식간에, 갑자기 봉인이 박살 난다고?

대체 왜?

[뭐야…… 이건? 갑자기 왜? 빌어먹을!]

이성민의 머릿속에서 허주가 고함을 질렀다. 봉인이 박살 나고 요성이 기어 나온다.

텅 비어버린 의식에 요성이 자리 잡는다.

그것뿐만이 아니었다.

이성민의 몸뚱이가 꿈틀거리기 시작했다. 근육이 부풀고, 줄어들고. 피부가 찢기고 재생하고. 전신에 혈관이 부풀어 돋는다. 손가락이 비틀리면서 손톱이 길게 자라나기 시작했다. 빛을 잃은 금색 눈동자 깊은 곳에 포악함이 피어오르기 시작했다.

김종현이 이것을 의도하고서 반전의 마법을 펼친 것은 아니었다.

그가 하고자 했던 것은, 자신이 이 세상에서 완전히 사라지기 전에. 이성민에게 결코 지워지거나 뒤집어지지 않을 반전의 각인을 새기고자 했을 뿐이었다.

그 무엇이 돼도 상관이 없었다.

흡혈귀가 되거나, 엘프가 되거나, 오크가 되거나, 수인이 되거나…… 반전의 술법은 본래의 종과는 전혀 다른 종으로 바꾸어버리는 것이니까.

하지만 이성민은 요괴가 된다. 요괴가 될 수밖에 없다. 이성민은 인간이되 인간이 아니었다.

그의 육체 자체는 요괴의 것에 가깝다. 간신히 유지하고 있던 인간성이 반전의 마법으로 반전된다. 이것은 거부할 수가 없는, 그리모어의 절대적인 마법이었다.

이성민이 아무리 자기 자신을 믿는다고 하더라도. 절대로 인간을 포기하지 않고, 요괴가 되지 않겠다고 바란다 해도.

[정신을…….]

허주의 목소리가 멀어진다.

이성민의 의식이 깊은 곳에 처박힌다.

어르무리 때와는 경우가 다르다. 그때에는 머리를 든 요성에게 육체의 주도권을 빼앗겼어도, 의식 깊은 곳에서 요성을 제압하고서 다시 육체의 주도권을 찾는 것이 가능했다.

하지만 지금은 아니다. 반전의 마법은 확실하게 이성민을 완전한 요괴의 것으로 뒤바꾸었다.

아벨은 무슨 일이 벌어진 것인지 모른다.

그는 무릎을 꿇고 앉아, 멀어지는 의식의 끈을 천천히 놓고 있었다.

나는 성공했다. 아벨은 자그마한 목소리로 그것을 중얼거렸다. 남은 마력과 수명을 모조리 긁어모아 펼친 마법은, 마왕 김종현을 이 에리아의 시공간에서 완전히 추방시켰다.

그래. 그것이면 된다. 아벨은 이 세상을 종언이라는 운명에서 벗어나게 만들지는 못하였으나, 종언의 첫 번째 재앙.

이 세상을 대마계와 연결하여 끔찍한 지옥으로 만들려 한 김종현을 이 세상에서 완전히 추방시켰다.

'그거면 돼.'

나는 여기서 끝이지만. 아벨은 큭큭거리며 웃었다.

그의 손에서 그리에스가 붕 떠오른다. 기왕이면 그리모어까지 회수했으면 좋았을 텐데…… 아니, 그것은 너무 과한 욕심인가. 아벨은 새하얀 빛에 휘감긴 그리모어를 올려 보았다.

현재의 주인인 아벨이 곧 죽게 되니, 그리에스는 다음 주인에게로 갈 것이다. 이미 아벨은 그리에스의 다음 주인을 선택해 두었다.

금색 마탑주인 로이드. 형을 닮아 조금 우유부단한 면이 없잖아 있기는 하였지만, 그래도 옳고 그름은 안다. 보다 값진 것을 위해 자기 자신을 희생할 만한 강단도 가지고 있다.

'그건 그때 돼봐야 아는 것이겠지만.'

아벨은 쿡쿡 웃었다. 그라고 해서 로이드의 모든 것을 아는 것은 아니니까. 그래도, 아벨이 판단하기에 현 마탑주 중에서 로이드가 가장 그리에스에 걸맞은 인물이었다. 원로들은 애초부터 무시했다.

'나는 여기까지다.'

눈이 잘 보이지 않았다. 아벨의 손을 떠나간 그리에스가 환한 빛에 휘감겨 사라져 버렸다.

무당산에 있을 로이드에게로 향한 것이다. 아벨은 잘 보이지 않는 눈을 감았다.

종언을 막고 싶었지만, 그에게 있어서는 여기까지가 한계였다. 그래도…… 가진 목숨을 버리면서 종언의 첫 번째 재앙인 마왕 김종현을 시공간 밖으로 추방시켰다. 그래, 그것이면 만족한다.

'너를 믿는다.'

유언을 남길 시간은 없다. 아벨은 멀어지는 의식 속에서 이성민을 떠올렸다.

너 자신이 종언일지도 모르는 불안과 위험을 느끼고 있다 하더라도, 스스로가 종언이 아님을 믿는다면…… 너는 절대로 종언이 되지 않을 것이다.

나는 종언을 막기 위해 간절했다. 그것을 완전히 막지 못했다고 하더라도, 종언의 일부나마 막는 것에는 성공했다.

너 역시 간절할까.

아벨은 닿지 않는 질문을 가슴에 삼켰다. 무릎을 꿇고 있던 아벨의 머리가 힘없이 아래로 떨어졌다.

쿠웅.

이성민의 몸도 바닥에 떨어졌다.

뭉게뭉게 떠오르는 흙먼지의 한 가운데에 이성민은 누웠다. 금색 눈동자가 먼지구름 너머로 하늘을 본다.

야, 이봐!

머릿속에서 들리는 외침은, 지금의 그에게 있어서는 의미를 알 수 없는 소음에 지나지 않았다.

그리고.

이성민이 천천히 몸을 일으켰다.

멀지 않은 곳에서 성기사와 신관들이 달려왔다.

김종현은 빛에 휘감겨 사라졌다. 그들은 대체 무슨 일이 벌어진 것인지 알지 못했으나, 끔찍한 악행을 벌이던 김종현이 이성민에 의해 사라졌다고 생각하고 있었다.

"이성민 님!"

그들의 걱정 어린 목소리를 들으며 이성민은 천천히 몸을 일으켰다.

2장
무의식

"이성민 님!"

테오스가 환한 표정을 지으며 다가온다. 그의 등 뒤에는 피로한 기색이 역력한 성기사들과 김종현에게서 살아남은 생존자들이 있었다.

육체적인 상처는 테레사와 성인들에 의해 치유되었지만, 거듭된 싸움으로 인한 정신적인 피로감만은 남아 있었다.

"정말, 정말로…… 대단하십니다."

테오스는 진심으로 그렇게 말했다. 마왕 김종현. 이름은 들어보았지만, 그를 실제로 본 것이나 직접 싸워 본 것은 모두가 오늘이 처음이었다.

좀비 군대를 뚫고 들어오고, 데스나이트 군단과 맞섰다. 데스나이트들이 도중에 물러서지 않았더라면 성기사단과 군중은 막대한 피해를 입었을 것이다.

간신히 그들을 뚫고서 이곳까지 왔다. 갑자기 맞닥뜨린 김종현은…… 정말로 마왕에 걸맞은 힘을 가진 인물이었다.

그가 펼치는 마법은 마법이라기보다는 보다 더 원초적인, 단어의 의미에 걸맞은 폭력이었다.

하지만 결국 그들은 이겨냈다. 대체 무슨 일이 벌어진 것인지는 모르겠지만, 마왕 김종현은 사라졌다.

그래도 이것은 안다. 확실하지 않다 해도, 최후의 최후까지 마왕과 맞서 싸운 것은 그 누구도 아닌 귀창 이성민이었다.

"당신은 영웅입니다!"

테오스가 이성민을 향해 다가가며 외쳤다. 그리고 모두가 그것을 공감했다.

이성민이 아니었다면 모두 죽었을 것이다. 이성민을 제외하고서, 이곳에 있는 모두 중에 김종현을 가로막을 수 있는 자는 없다.

테레사의 신성력으로도 김종현을 제압하지 못했다. 테레사와 신관의 신성력을 통해 끝없이 상처를 회복하고 육체의 강인함을 보충받던 성기사와 군중들도 마왕 김종현을 어찌하지 못했다.

오직 이성민만이 성기사와 신관들의 도움을 받지 않고. 홀몸으로 데스나이트의 군단장을 쓰러뜨렸다.

그것만 해도 영웅이라 하기에 부족함이 없는 업적일 터인데. 마왕 김종현까지 이성민에 의해 쓰러졌다.

"이성민 님?"

멍하니 서 있는 이성민을 향해 다가가며. 테오스는 작은 위화감을 느꼈다.

알 수 없는, 그런 불안감이 피부를 간질이고 있었다. 뭔가 이상하다.

테오스는 본능적인 위화감을 무시하지 않았다. 그는 자리에 멈춰서 이성민을 물끄러미 보았다.

정신 차려, 정신 차려……:

머릿속에 헤매는 말은, 그에게 있어서는 아무 의미도 갖지 못하는 시끄럽고 귀찮은 잡음이었다.

이성민에게서 태어난 요성은 이성민이되 이성민이 아니었다. 기존에 이성민이 가지고 있던 성격, 사고방식, 그 모든 것이 사라졌다.

지금 이곳에 선 이성민은 그가 아닌, 완전히 다른 요괴였다.

허주와 이성민이 그토록 경계했던 일이 벌어진 것이다.

허주와 이성민이 아무리 자기 자신을 믿는다 해도. 반전의 마법이 종 자체를 뒤집어버린 이상 이성민은 인간이 아닌 다른 존재가 되어버린다.

"이성민 님……?"

본래 이성민의 의식은 아주 깊은 곳에 가라앉았다.

본래 완전한 요괴가 되었다면 이성민이 가진, 인간으로서의 의식은 완전히 말살되었을 것이다.

하지만 말살되지 않았다. 인간으로서의 의식은 아주 깊은, 무의식의 깊고 깊은 곳에 처박혀 잠들었다.

그나마 이성민이 끝까지 자기 자신의 의식을 붙잡았기 때문에. 그리고 허주가 필사적으로 이성민의 의식이 사라지지 않도록 돌본 덕분에 가능한 것이었다.

'이건……'

테오스의 눈빛이 흔들린다. 하늘을 보고 있던 이성민의 얼굴이 천천히 아래로 내려온다.

그 연속된 동작이 테오스의 눈에는 뚝뚝 끊어져 보였다.

본능이 끝없이 경고하고 있었다. 물러서라. 가만히 있지 마라.

도망쳐라…… 입은 갑옷 속에서 식은땀이 줄줄 흐른다. 대체 왜? 이성이 본능의 경고에 계속해서 의문을 던진다.

이성민은 위험한 인물이 아니다.

세간의 인식은 사마련주의 제자. 마인. 귀창. 이렇게 취급받는다 해도, 테오스가 본 이성민은 그리 악한 인물은 아니었다.

적어도 이곳에 있는 모두는 이성민에 의해 구원을 받지 않왔나.

그런데 왜. 마왕 김종현을 마주했을 때보다…… 지금 더 큰 위협을 느끼고 있단 말인가?

머지않아, 테오스는 이해했다.

아주 조금의 시간이 흐른 뒤였다. 완전히 아래로 내려온 이성민의 머리가 테오스를 보았을 때.

인간의 것이라고는 생각할 수가 없는 한 쌍의 금색 눈동자가 테오스에게 향했을 때.

테오스는, 그 안에서 인간다운 감정은 조금도 느끼지 못했다.

살짝 벌려진 입술 사이로 보이는 이빨이 모두가 날카롭다. 무언가를 물어뜯고, 씹어먹기에 적합한 형태였다.

"아……."

테오스의 얼굴이 하얗게 질렸다. 도망치고 싶다. 테오스는 급히 손에 쥐고 있던 검을 위로 들었다.

검을 든 순간에, 검이 두 동강으로 나누어졌다. 이성민이 휘두른 것은 창이 아니었다. 길고 날카롭게 뻗어진 손톱이 칼을 두부처럼 갈랐다.

푸확!

테오스의 가슴에서 피가 뿜어졌다.

고작해야 손톱을 휘두른 것인데, 칼은 물론이고 흉갑까지 깊게 베어졌다.

그 틈에서 뿜어지는 피를 보며 테레사와 신관들의 얼굴이 하얗게 질렸다.

"테, 테오스 님?!"

동료 성기사들이 당황하여 고함을 지른다. 테오스는 창백한 얼굴을 하고서 뒤로 물러섰다.

다행히 치명상은 피했다. 그 순간에 본능의 경고에 따라 몇 걸음 뒤로 물러선 것이 테오스의 목숨을 구했다.

"모, 모두 도망치십시오!"

이유는 알 수 없지만 귀창이 미쳐 날뛰고 있다.

하지만 그것보다 이성민이 움직이는 것이 빠르다. 그는 창을 휘두르지 않고서 아무것도 쥐지 않은 오른손을 크게 휘둘렀다.

가볍게 휘두른 손짓에 자색의 요력이 폭풍처럼 몰아쳤다. 테오스는 피를 뿜으면서 급히 뒤로 몸을 날렸다.

다른 성기사들도 테오스의 경고 덕에 몸을 날리는 것에 성공했다.

하지만 군중들은 아니었다. 얼마 남지도 않은 군중들이 이성민이 일으킨 요력의 폭풍에 의해 핏물이 되어 사라졌다.

"아아아아아!"

이성민의 입에서 쇠를 긁는 것 같은 고함이 터져 나왔다.

허주는 계속해서 외치고 있었다.

정신 차리라고. 절대로 요괴가 되지 않겠다고 마음먹지 않았느냐고.

그 외침이 멀다.

아니.

'안 돼.'

듣고 있다.

의식 깊은 곳에서 이성민은 눈을 떴다. 그는 천천히 몸을 일으켰다.

여기는 어디지? 이성민은 숨을 헐떡거리며 주변을 둘러보았다.

새카만 세상이었다. 아, 그래. 그 순간에 이성민은 이곳이 어디인지 이해했다. 이미 이전에 와 본 적이 있는 곳이다.

그러니까…… 어르무리에서. 처음 요괴로서 각성했을 때. 요성이 이성민의 의식을 장악하고, 본래의 이성민이 무의식 깊은 곳에 처박혔을 때.

이성민은 이곳에 있었다.

'하지만 그때와는 달라.'

이성민은 멍하니 생각했다. 그때에는. 이 무의식 속에서 허주와 만났었다. 날뛰고 있는 요성도 보았었다.

하지만 지금은 아무것도 보이지 않는다. 새카만 어둠만이 펼쳐져 있을 뿐이다. 그때와는 사정이 다르다. 지금의 이성민은 완전한 요괴가 되었다.

'대체 무슨 일이 있었던 거야?'

도저히 이해를 못 하겠다. 왜 갑자기 봉인이 깨진 것일까? 왜 나는 갑자기 요괴가 되어버린 것일까. 김종현은 대체 어디로 간 것일까?

"그 흑마법사."

멍하니 어둠 속을 걷던 이성민의 걸음이 멈추었다.

"시공간에서 추방되기 전에, 네게 아주 재미있는 선물을 남기고 갔다. 반전의 마법…… 후후. 놈을 마왕으로 반전시켰던 그 마법이 네게 향했지. 너는 마왕이 아니라 요괴가 되어버렸지만 말이야."

이 목소리.

허주의 목소리는 아니었다.

"그나마 운이 좋았구나. 필사적으로 의식을 붙잡은 덕에 인성이 말살되지는 않았어. 그렇다고 해서 좋은 꼴은 아니구나. 너는 쭉 이 무의식 속에서 헤매게 될 테니 말이다."

"넌…… 누구지?"

키득거리는 목소리에 이성민은 멍한 목소리로 질문했다.

하하하.

공허한 웃음소리가 어둠 깊은 곳에서 울렸다. 이성민은 숨을 삼키며 그쪽을 향해 나아갔다. 걸을 때마다, 어둠 속에서…… 잘려나간 장면들이 보였다.

모두가 이성민이 알고 있는 장면이었다.

그의 무의식 속에 남겨져 기억된, 여태까지 살아오면서 겪은. 인상 깊은 장면들.

전생과 현생의 모든 장면이 뒤섞여 있었다.

처음 제나비스에 소환되었을 때. 현생이 아니라 전생의 기억이다.

아무것도 모르고 제나비스에 소환되었을 때의 기억. 진짜 14살이었을 때. 아무것도 모르고, 억지로 이해하고…… 살아남기 위해 뭐라도 해야 했던 시절.

싸구려 무공심법을 익혔다. 가까운 거리에서 싸우는 것보다는 먼 곳에서 푹푹 찌르는 창이 덜 위험할 것이라 생각했고, 초심자가 익숙해지기에는 창이 좋다는 조언을 받아 창을 쥐었다.

그렇게 살았다.

용병으로.

코로나 용병단의 C급 용병. 제온을 동경했다. 같은 노클래

스 출신이면서 절정의 벽을 뚫은 제온을. 지금에 와서야 초절
정도 이성민에게 우습지만, 당시의 이성민이 보던 세계에서는
절정고수만 하여도 세계의 정점에 선 인물이었다.

동경하고. 그렇게 되고 싶다 생각하면서도. 그러기 위한 노
력은 거의 하지 않고.

그렇게 죽었다. 별로 오래 살지도 못하고.

"하찮지?"

목소리가 웃으며 말했다. 이성민은 계속해서 걸었다. 목소
리가 들려오는 곳은 그리 머지않았다.

하지만 나아갈 때마다, 이성민은 또 다른 장면들을 보았다.
하찮다, 라고 평가받았던 장면들이 C급 용병으로 살다가 죽은
전생이었다면.

지금 이성민이 보고 있는 것은 아직 끝나지 않은 지금의 인
생이었다.

우연을 가장하여 위지호연과 만났다. 그녀에게 무공을 배우
고, 그녀를 목표로 삼았다.

므쉬의 산에서 수행을 하고 제나비스에서 용병 생활을 했
다. 프레스칸을 만나 검은 심장을 얻고.

"중요한 부분이야."

목소리가 낄낄거렸다.

그 뒤에는 소림으로 갔다. 소림에서 수행 후 화산으로, 검귀를 죽이고, 데니르를 만나서. 그다음에는 잠자는 숲에 가서 허주와 루비아를 만났다.

"이곳도 중요하지."

던전에서 백소고와 위지호연과 재회했다. 북쪽으로 가서 제니엘라와 광천마를 만나고 혈천마를 죽였다.

남하해서 루베스로, 다시 위지호연과 재회했다. 사마련주를 만났다. 암존과 싸웠다. 저주를 풀기 위해 더 남쪽으로. 데븐에서 허주의 잔재를 죽였고.

"이곳도."

어르무리에서 야나와 프라우, 엔비루스와 만났다. 광천마와 이별했다. 어르무리의 요력을 손에 넣었다.

"아주 중요해."

더, 더 남쪽으로. 검존과 권존을 죽여서…… 계속, 그런 식
으로. 이성민은 자신이 살았던 영상을 보았다.

사마련주의 죽음을 다시 보았다. 당연히 좋은 기분은 아니었
다. 사마련주의 시체를 먹기로 마음먹고, 오슬라가 돕는 장면
에서. 목소리의 주인은 즐거운 웃음을 터뜨리며 손뼉을 쳤다.

그는 굳이 말을 하지는 않았지만, 이성민은 저 장면 또한 '중
요하다'는 것을 알았다.

무엇에 중요한가?

볼란데르를 죽이고 김종현과 싸웠다. 이성민은 왜 자신이
요괴가 되었는지를 이해했다.

그는 제삼자의 입장에서 모든 장면을 보았고, 김종현이 빛
에 휘감겨 사라지기 직전에 자신을 향해 손가락을 뻗는 것을
보았다.

"……김종현은 어디로 간 거지?"

"아벨은 자신의 남은 수명을 긁어모아 그리에스의 마법을
펼쳤다. 지정한 대상을 시공간 밖으로 영원토록 추방하는 마
법이지. 김종현은 다시는 에리아에 들어올 수가 없게 되었다.
과거도, 현재도, 미래도. 에리아의 모든 시간대에서 김종현이
사라져 버린 거야."

"그렇다면…… 아벨 님은……?"

"죽었지. 아마 그는 만족하여 죽었을 것이다. 설마 추방되기 직전의 김종현이 이런 수작을 부렸을 것임은 짐작도 못 했겠지."

목소리의 주인이 웃으며 말했다.

"너 자신이 아무리 인간으로 남고 싶다 갈망하여도, 이건 어쩔 수 없는 거야. 반전의 마법은 절대적이다. 인격이라도 남 았다는 것이 대단한 일이지."

"나는…… 어떻게 되는 것이지?"

"영원히 이 무의식을 떠돌게 된다. 어떠한 변수가 개입하지 않는다면 말이야. 네가 아무리 발악한다고 해도 너 자신의 무 의식을 뚫고 나가는 것은 불가능하다. 이미 너는 완전한 요괴 가 되었거든."

"이해할 수가 없어."

이성민은 작은 목소리로 중얼거렸다.

"내가 본 요괴들은, 대부분이 이성을 유지하고 있었다. 오히 려 어떤 면에서는 인간보다 인간다웠……."

"워, 워. 그건 너무 섣부른 말이야. 네가 아는 요괴라고 해야 몇 안 되잖아. 너와 제대로 소통한 요괴는 고작해야 둘이지. 허주와 야나. 그 둘은 요괴 중에서도 정점에 선 이들이다. 그 리고, 하하하! 그들이 인간보다 인간다웠다고? 그것도 섣부르 고 오만한 말이지. 네가 허주의 무엇을 아느냐? 네가 야나의 무엇을 알지? 그들이 너에게 보인 모습이 그들의 전부라고 여기는 것이냐?"

그는 진심으로 우습다는 듯이 신랄한 어조로 웃어 재꼈다.

"그들은 너에게 과할 정도의 호의를 가지고 있었다. 그렇기에 너에게 잘해 준 것이지. 허주가 네게 보였던 모습처럼 마냥 호탕하고 때로는 순진할 정도로 미련했다면, 놈이 400년 전에 남쪽의 악몽이라 불렸을 것 같으냐? 드래곤까지 나서서 힘을 합쳐 허주를 토벌하려 들었을 것 같으냐?"

아니다. 허주는 선량한 요괴가 아니었다. 허주에게 직접 들은 일화 중 몇 가지만 해도 그렇다.

그는 자신이 영역으로 삼은 숲의 하늘을 날았다는 이유만으로 드래곤을 잡아 죽였노라고 자랑스레 떠들곤 했었다.

"야나가 네게 보였던 모습은, 네 안에 있는 허주에 대한 예우와 연모였다. 네가 단순한 인간이었더라면 야나가 그리 상냥했을 것 같으냐?"

아니다. 야나는 허주를 위하겠다고 이성민을 제압하고 그를 완전한 요괴로 뒤바꾸려 했다.

"인간보다 더 인간다웠다고? 인간답다는 것이 대체 뭐냐. 요괴답다는 것은 또 뭐고? 하하하…… 요괴에게는 선악의 구분이 거의 없다. 요괴에게 있어서 자신의 행동을 결정하는 가장 절대적인 잣대는 자기 자신의 욕망이다. 욕망에 충실한 인간이 금수 취급을 받는 것과 같지."

이성민은 걸음을 멈추었다. 그의 앞에는 누군가가 등을 돌리고 앉아 있었다.

"네가 무엇을 궁금히 여기는지 안다. 요괴가 되어버린 너는 이성을 가지고 있지 않지. 보이는 것을 모조리 죽이고 잡아먹으려 들 뿐. 할 줄 아는 말이라곤 악, 악 하는 고함이 전부야. 생각이 없으니 움직임이 단순하고 가진 힘을 제대로 사용할 줄도 모른다."

왜 그런 것일까.

"이유는 간단하다. 요괴로서의 네 이성 따위는 아예 존재하지 않거든. 요괴로 변이한 너는 단순한 그릇에 지나지 않는다. 그 빈자리를 내가 메우는 것이지."

"……너는 대체…… 뭐냐……?"

이성민은 떨리는 목소리로 그것을 물었다.

하하하. 다시 한번 남자는 웃었다.

그는 천천히 몸을 돌려 이성민을 보았다. 그는 눈과 코를 갖고 있지 않았다. 텅 빈 흰 얼굴에 입만이 남아서 빙그레 웃고 있었다.

"나?"

남자가 손을 들어 자신을 가리켰다.

"나는 학살포식이지."

하, 하핫. 하하하핫.

이성민의 경악 속에서 학살포식이 웃음을 터뜨렸다.

너무 떳떳하게, 또 즐겁게 한 소개라 이성민은 뭐라 답하지 못했다.

머릿속에서 온갖 종류의 의문이 소용돌이쳤다.

학살포식.

이름은 몇 번이나 들어보았다. 제니엘라가 출현하는 것을 바라 마다치 않던 최강의 인외.

사실, 이성민도 자신이 학살포식인 것이 아닐까…… 몇 번이고 그런 의문을 가져왔다.

볼란데르가 말했던 것처럼, 모든 조건이 이성민이 학살포식이라고 말하고 있었다.

그래서 스스로 불안을 느껴왔다. 내가 바로 학살포식이고, 내가 종언의 일부가 아닐 것이라는 걱정을.

"혼란스럽지?"

학살포식이 웃으며 물었다. 이성민의 무의식 속에 있던 존재가 바로 학살포식이었다.

어르무리에서 허주가 보았던. 무의식 속에 자리 잡고 있던 존재가 바로 학살포식이었다.

"왜…… 네가…… 이곳에 있는 것이지……?"

"내가 너니까 그렇지."

학살포식이 몸을 일으켰다. 그의 입이 히죽 웃었다. 그는 천천히 걸어 이성민을 지나쳤다.

"전생의 돌이 발동된 순간 에리아는 종언의 운명에 들어선다."

그에 대해서는 이전에 아벨에게 들었었다.

"종언이 시작되는 조건은, 이 세상이 더 이상 존재가치가 없다 판단되었을 때다. 충분한 성장이 이루어졌을 때. 더 이상 성장한다면 이 세상의 근간에 위협이 된다고 판단되었을 때. 종언이 시작되어 대대적인 청소를 시작하지."

"……그게 무슨……."

"이 세상의 종언이 시작되는 것은, 사마련주 때문이었다."

학살포식의 걸음이 멈추었다.

그가 보는 방향에서 다시 하나의 영상이 떠오르고 있었다. 무신을 압도하고 있는 사마련주의 모습이었다.

"그는 인간이면서도 너무 강했어. 400년 전에 허주의 강함도 충분히 에리아의 근간을 뒤흔들 정도는 되었다만, 허주의 경우에는 그가 인간이 아닌 요괴라는 것이 상당 부분 참작되었지. 하지만 사마련주는 달랐다. 그는 순수한 인간이면서도 인간의 무학으로 너무 높은 경지에 닿았다. 허주 때와는 경우가 달라."

잠깐.

이성민의 두 눈이 흔들렸다. 학살포식이 하는 말이 무슨 말인지 이해했다. 종언이 사마련주 때문이라는 말이 무슨 뜻인지.

"에리아의 목적은 보다 완성된 기술을 손에 넣는 것에 있거든. 무공이나 마법, 그 외의 모든 것들. 수많은 인간을 갈아 넣어 기존보다 진보된 기술을 손에 넣는 것이 에리아의 목적이다. 하지만 사마련주는 너무 나아갔어."

"내…… 내가 종언이 시작된 이유 아니었나?"

"사마련주의 강함이 도를 넘었고, 그로 인해 종언의 운명이 결정되었다. 그리고 네가 전생의 돌을 잡아 과거로 돌아와 관측자가 되면서 본격적으로 세상의 운명이 종언으로 흐르기 시작한 것이지. 결국은 이거야. 너와 사마련주. 스승과 제자 모두가 종언을 불러온 장본인이라는 것이지."

그 말에, 이성민은 다리에 힘이 풀려 그만 주저앉아 버렸다.

완성된 기술…….

이성민이 그것을 중얼거리자 학살포식이 머리를 끄덕거렸다.

"이 넓은 세계에 득실득실한 인간들. 이계에서 불러온 이들은 상태창을 통해 무공과 마법을 쉽게 익히지. 수십만의 사람이 있다면 수십만의 생각이, 수십만의 재능이 있는 것이다. 그 모든 것을 갈아 넣어 무공과 마법을 기존보다 나은 것으로 만들어간다. 이게 에리아의 존재 의의였지."

실험실, 사육장. 김종현이 했던 말들.

"종언의 형태는 매번 다르다. 하지만 몇 번이나 거듭되어 온 종언에서 절대로 변하지 않는 것이 있어. 바로 나다."

학살포식.

"학살포식은 전생자가 회귀한 순간에 정해진다. 과거로 돌아온 전생자가 바로 학살포식의 자격을 갖지. 그리고, 전생자에 얽힌 운명력은 전생자를 학살포식이라는 이름에 걸맞은 존재로 만들기 위해 흐른다."

하지만 이번에는 변수가 꽤 많았어.

학살포식은 등을 돌리고 서서 중얼거렸다. 그의 앞에는 이성민이 현생에서 살았던 장면들이 흐르고 있었다.

"엄밀히 말하자면 이전부터가 변수가 꽤 많았지."

학살포식이 손을 들어 올렸다. 영상이 바뀐다.

전생의 이성민이 보였다.

"무턱대고 전생자를 고르는 것이 아니다. 나름의 조건이 충족되어야지. 의욕적일 것. 적당한 수준의 무력을 가지고 있을 것. 확실한 목적이 있을 것. 왜 그런 조건을 두었는지 아나? 그정도 조건이 있어야만 향상심을 가지거든. 전생의 자신보다 훌륭하게. 그래야만 의욕적으로 행동하여 확실히 운명을 개변시켜 나가. 그렇게 종언이 시작되는 것이고. 하지만 말이다. 너는

무의식 71

달랐어. 적당하다 할 수도 없는 무력을 갖고, 목적은 애매하기 짝이 없었지. 의욕도 마찬가지야. 너는 흔히 말하는 실패자였다. 그런 네가 전생의 돌을 쥐게 된다면…… 굉장히 귀찮아져. 하나부터 열까지 다 전생자를 위해 운명을 비틀어야 하거든."

누군가가 그것을 노렸던 것이다.

"에리아에는 수많은 신이 존재하지만, 이 세상의 운명을 관장하는 것은 둘 뿐이다. 신령과 마령. 동전의 양면과도 같은 그들은 여태까지 충실하게 에리아를 관리해 왔지. 하지만 둘 중 하나가 배신했다. 세상을 몇 번이나 갈아엎고 다시 시작하는 것에 염증이라도 느낀 모양인지……."

배신?

주저앉은 이성민의 머릿속이 다시 한번 엉클어진다.

신령과 마령. 둘 중 하나가 배신을 했다. 신령은 천외천을 통해 종언을 막기 위해 행동하고 있다.

그런 주제에 그들이 하는 행동은 오히려 종언을 위한 것처럼 느껴진다.

마령은 야나에게 힘을 주었고 위지호연을 끌어들였다. 마령이 대체 무엇을 바라는 것인지는 아직까지 모른다.

"네가 살았던 전생에서, 너 정도의 존재가 전생의 돌을 잡았다는 것부터가 큰 변수였다. 그렇게 네가 전생했고, 이번 세상은 변수가 가득해졌어. 너는 너무 약했다. 그렇다고 의욕이 강한 것도 아니었고 목적이 훌륭한 것도 아니었어. 네가 전생자랍시고 살아봤자 머지않아 죽거나 가치 없는 인물이 될 것은 뻔한 일이었지."

그래서 보다 강한 운명력이 이성민을 보호했다. 괴력난신의 가호가 타인이 이성민에게 호감을 느끼게끔 만들었다.

"누가…… 배신한 것이지?"

"마령이다."

어이가 없지. 학살포식이 어깨를 으쓱거렸다.

"운명력이 보다 강하게 작용한다는 것은, 신령과 마령이 이번보다 더 강하게 운명에 개입할 수 있게 되었다는 뜻이다. 덕분에 뒤죽박죽이 되어버렸다. 소천마 위지호연은 전생보다 더한, 부조리하기 짝이 없는 재능을 손에 넣었고, 마령이 직접 위지호연과 접촉하여 그녀를 보호하기 시작했지. 네게 주어진 운명의 가호 속에서 마령은 차근차근 너를 키워나갔다. 신령인 척 천외천과 접촉하여 너를 계속해서 성장시켰지. 네가 충분히 극복할 수 있을 만한 시련을 주어가며 네 힘을 키워갔어."

항상 그랬다. 만약 천외천이 처음부터 마음을 먹었더라면 진즉에 이성민을 죽일 수 있었을 것이다.

하지만 천외천은 그렇게 하지 않았다. 그들은 신령의 지령을 받는다고 생각했겠지만 그중 몇 번이나 마령의 개입이 있었다.

소림에서 불영대사가 접신했던 존재 역시 신령이 아닌 마령이었다.

"이번 세상에서, 신령과 마령은 쭉 충돌했다. 신령은 천외천을 사용해 마령을 확보하려 했지. 하지만 변수가 너무 많았다. 거대한 운명의 흐름 속에서 인간 모두를 통제하는 것은 불가능하지. 네가 소천마와 인연을 맺는 것은 예정에 있는 일이 아니었다. 네게 호의를 느낀 사마련주가 그 상황에서 개입하는 것도 예정에 있는 일이 아니었어. 결국 신령은 노선을 바꾸었다. 위협이 되는 이들을 차근차근 없애는 방향으로."

가장 먼저, 사마련주를.

"그는 너무 강했다. 월후에게 가호까지 주었지만 사마련주를 죽이는 것은 불가능했어. 결국 신령은 자신의 권능을 사용해 사마련주의 힘을 박탈했다. 어차피 본격적인 종언이 시작되면서 사마련주는 퇴장해야만 했으니까. 하지만 사마련주는 힘을 박탈당한 덕에 초월자마저 초월했고, 이 세상에서 추방되었다."

그리고, 다음은 너. 학살포식이 이성민을 가리켰다.

"전생자는 종언의 때에 무조건 학살포식으로 각성한다."

전생한 순간 그런 운명이 정해진다.

"이 모든 흐름에서 가장 큰 변수가 되었던 것이 바로 너다. 이 세상의 운명력은 거대한 흐름이다. 아까도 말했지만, 그 흐름 안에서 모든 인간을 통제하는 것은 불가능해. 그렇게 너라는 변수는 시간이 지나면서 너무 커졌다. 네가 맺은 인연, 유대, 그 모든 것이 변수가 되었어. 너 따위 존재가 전생하였기에 운명력이 너무 너에게 집중된 결과지. 그리고 그 바깥에서 마령이 날뛰었고. 너는 어떻게든 살아남아 학살포식이 돼야만 하는 운명을 가지고 있었다. 너무 약한 네가 검은 심장을 손에 넣는 것. 잠자는 숲에서 허주를 만난 것. 미혹의 숲에서 허주의 잔재를 흡수하고, 어르무리에서 거대한 요력을 얻고, 사마련주의 힘을 계승하는 것. 그 모두가 너를 학살포식으로 만들기 위한 과한 운명력이 집중된 결과다."

나는 너를 만나기 위해 죽은 것일지도 모른다.

허주가 했던 말이 떠오른다. 그 말이 맞았다. 허주의 존재야말로 이성민을 학살포식으로 각성시키기 위한 중요한 열쇠였다.

"……허주의 죽음은……."

"놈의 죽음 역시 큰 변수였다. 놈 역시 너무 강한 힘을 가졌고, 신령과 마령에 의해 그 힘을 박탈당하여 죽음을 맞았다. 본래 허주는 그냥 소멸을 맞았어야 했어. 하지만 이번 세상에서는 달랐다. 마령은 허주의 혼을 남겨 잠자는 숲의 초입에 봉인했다."

결과적으로는 종언에 있어서 좋았다. 그로 인해 이성민은 어마어마한 요력을 갖게 되었다.

여기서 완전한 학살포식이 된다면, 이성민은 기존 세상에서 존재했던 그 어떤 학살포식보다 강력한 힘을 가진 괴물이 될 것이다.

"나는…… 어떻게 되는 거냐."

이성민은 끓는 목소리로 물었다. 변수라고 해봤자, 그는 완전한 요괴가 되었다. 그것은 이성민이 종언의 하나인 학살포식이 되었다는 뜻이다.

"변수가 존재하지 않는다면. 너는 쭉 이 무의식에 가두어지겠지."

하지만 말이야. 학살포식이 혀를 찼다.

"……변수가 너무 많아. 이번 세상에는. 마령이 배신한 덕에 일부의 신들마저 다른 생각을 품었구나. 므쉬와 데니르. 그 둘은 이 세상에서 가장 중요한 신들이다. 그들이야말로 이 세상의 존재 목적, 기술의 완성이라는 것을 위해 반드시 필요한 존재들이니까."

므쉬의 고행과 데니르의 정신세계.

"그들은 종언을 알면서도 그에 순응해야만 했다. 하지만 이번 생에서 그들은 다른 것을 선택했지. 마령과 함께 운명을 거부하는 선택을 내린 거야."

설마.

"마령은 많은 것을 속였다. 너를 변수로 두고서 그 뒤에서는 위지호연을 제련했지. 결국 너는 학살포식이 된다. 이것은 어쩔 수 없는 운명이었어. 마령의 노림수는 너를 학살포식으로 넘겨 주고 위지호연을 모든 운명을 뒤집는 절대자로 만드는 것이었겠지. 그래. 마령은 너를 버렸다."

너무 하찮던 이성민이 전생한 덕에, 많은 운명의 가호가 이성민에게 둘러졌다.

마령은 천외천을 이용해 이성민을 성장시켰다. 그렇게 살면서 쌓은 인연과 유대. 그것이 이성민을 더욱 큰 변수로 만들었다.

하지만 결국 이성민은 학살포식이 된다. 아무리 큰 변수가 되어도 이성민이 학살포식이 된다는 운명은 바뀌지 않는다. 그것이 마령의 노림수였다.

마령에게 있어서 이성민은 모든 공을 들인 버리는 말이었다. 이성민의 존재로 인해 발생 된 변수. 결국에 마령은 위지호연을 손에 넣었다.

"천외천은…… 위지호연을 확보한다면 세상의 법칙에 간섭할 수 있다고 했다."

"신령의 거짓말이지. 말하지 않았나? 운명의 흐름 속에서 인간 모두를 통제할 수는 없다고. 인간을 부리기 위해 필요한 것은 선동과 거짓말이야."

무신은 가여운 놈이지. 학살포식이 웃었다.

"……내가…… 아니, 전생자가 학살포식이라고……? 그렇다면 제니엘라가 본 미래는 뭐냐. 그녀가 본 학살포식은……?"

"너일지도 모르고, 아니면 학살포식에 준하는 전혀 다른 존재일 수도 있지. 그녀가 보는 미래는 나로서도 알 수가 없으니까."

"왜 너는 어르무리 때에는 나오지 않았던 것이냐?"

그때도 이성민은 요괴로 각성했었다. 하지만 그 질문에 학살포식이 혀를 찼다.

"때가 되지 않았으니 그랬지. 그 시점에서는 종언도 시작되지 않았었다. 내가 나오기에는 너무 일렀어. 그래서 말하지 않았나?"

다음에 보자고.

"너는…… 뭘 할 생각이냐……?"

"나는 학살포식이다. 네가 전생했을 때부터 네 안에 있었어. 네가 완전한 요괴가 되었으니 나는…… 종언의 하나로서. 내가 해야 할 일을 해야지. 마령이 위지호연을 절대자로 만드는 것이 빠를지, 나로 인해 세상 모두가 죽는 것이 빠를지."

하하하하. 학살포식이 웃으면서 손을 들었다. 지금이야말로. 이성 없이 날뛰는 이성민이라는 그릇에 학살포식이 들어설 순간이었다.

변수가 남았다.

이성민이 여태까지 살아오면서 쌓은, 인연과 유대.

꽈지지지직!

어둠이 찢겼다. 그 너머에서 튀어나온 것은 큼지막한 손이었다. 그것이 학살포식의 멱살을 잡았다.

꽈앙!

그대로 땅에 처박으면서, 어둠 너머에서 허주가 걸어 나왔다.

"약속했다."

허주의 두 눈에 시뻘건 빛이 켜졌다.

"네가 통제할 수 없는 요괴가 된다면, 이 어르신이. 통제불능이 된 너를 막아주겠다고."

존재가 소멸하게 된다 해도.

허주는 그 말은 뱉지 않았다.

"하, 하하하! 하하하하!"

바닥에 처박힌 학살포식이 미친 듯이 웃음을 터뜨렸다.

허주는 그런 학살포식의 몸을 내려 보면서 천천히 손을 떼었다. 이성민은 갑자기 나타난 허주의 등을 보고서 놀라 입을 벌렸다.

"꽤나 무리했군!"

학살포식은 그렇게 말하면서 벌떡 몸을 일으켰다. 놈에게 눈과 코는 없다. 하지만 그 자리가 움푹 들어가 있었다. 하지만 그것도 순식간에 부풀어 올라 상처가 메워진다.

"요력에 대한 통제도 거의 잃었으면서 무의식의 벽을 뚫고 들어오다니. 꽤나 간절하고 필사적이었나 보구나?"

"그렇게 해주겠다고 약속했는데, 거짓말을 하고 싶지 않았을 뿐이다."

허주가 싸늘한 목소리로 내뱉었다. 그 말에 학살포식이 더욱 큰 소리로 웃었다.

"너는 모든 것을 들었을 텐데. 그토록 강하던 네가 왜 죽었는지 말이야. 너라는 대요괴의 죽음은 고작해야 저 녀석의 양분이 되기 위해서였다. 그것을 알면서도 놈을 위해 나서고 싶더냐?"

"그게 뭔 상관이냐?"

학살포식의 질문에 허주가 헛웃음을 흘리며 대답했다.

"억울한 죽음도 아니었다. 너무 강해서 죽어야만 했더라면 오히려 기쁜 죽음이지! 양분? 상관없다. 덕분에 죽은 후에도 꽤 재미난 일들을 많이 겪었으니까."

그 말에 거짓은 없었다. 허주는 이성민을 한 번 힐긋 보았다.

"오히려 잘되었군. 저 미련한 놈이 가지고 있던 불안의 총체가 바로 너로구나. 네가 없다면 저놈은 더 이상 자기 자신이 종언의 하나일지 모른다는 병신같은 불안을 갖지 않을 거야."

"잊은 거냐?"

학살포식이 이를 드러내며 웃었다.

"너는 너 자신의 강함을 너무 과신하고 있구나. 어르무리에서 너는 나를 보았다. 그때 네 표정이 아직도 기억나는군. 두려움을 느꼈지?"

허주는 대답하지 않았다. 입을 다물고 성큼성큼 다가오는 허주를 향해 학살포식이 신랄한 웃음을 쏘았다.

"너는 원래 진즉에 소멸했어야 했다. 하지만 마령의 수작질로 살아남았지! 하지만 나는 네가 싫지는 않았다. 너는 요괴라는 종에 있어서는 최강이었으니 말이야."

엄밀히 말하자면 학살포식은 요괴가 아니다. 종언의 때에 전생자가 각성하는, 인간이 아니게 된 종언의 집행자가 바로 학살포식이다.

"마령에 의해 희롱된 네가 가여워 나아갈 수 있는 길을 제시해 주었지. 네가 선택했더라면 너는 이 세상을 벗어나 자유로운 곳으로 나아갈 수 있었을 것이다."

허주는 학살포식의 비웃음을 그대로 들었다. 그의 말이 맞았다.

이성민의 머릿속에 자리 잡은 학살포식과 처음 대면했을 때. 허주는 생전 처음으로 공포라는 것이 어떤 감각인지 알게 되었다.

단순히 마주하고 있는 것. 동작 하나하나, 그 모든 것에서 죽음을 느꼈다.

그리고 학살포식이 보여주었던 길. 그 구불구불한 외길.

학살포식은 그 끝에 앉아서 허주에게 이리로 오겠느냐고 물었었다. 그런데, 왜일까. 그때에는 마주하는 것만으로도 공포를 느꼈는데.

지금의 허주는 공포를 느끼고 있지 않았다. 오히려 그는 기분 좋은 해방감을 느끼고 있었다.

그때, 어르무리에서는. 허주는 처음으로 '외길'을 의식했다.

그 후로 허주가 이성민의 머릿속에서 놀고만 있던 것은 아니었다. 그는 이성민과 심적으로 연결되어 있었고, 이성민이 보고 느끼는 것을 허주도 보고 느꼈다.

그것은 허주에게 있어서 다양하고 새로운 경험이 되었다.

본래 허주는 무공에 대해 알지 못했다. 하지만 지금의 허주는 무공에 대해 안다. 무공을 익힌 인간이 얼마나 강해질 수 있는지도 알게 되었다.

특히, 이성민이 계승한 사마련주의 힘. 그것은 혼만 남은 허주의 힘이 되어주지는 못했지만, 이성민의 머릿속에 새겨진 사마련주의 무리는 허주에게도 전해졌다.

그 모든 것들. 이성민이 익힌 무공, 그의 머릿속에 새겨진 무리. 그것을 천천히 떠올리며, 허주는 학살포식에게 다가갔다.

학살포식은 헛웃음을 흘리며 머리를 가로저었다.

"너는 아무것도 바꾸지 못한다."

학살포식의 목소리에 연민이 담겼다.

"그토록 강한 힘을 가진 요괴였지만 이 세계를 탈출하지도 못하고 죽음을 맞았지. 죽음 후에도 안식 없이 혼만이 남아 운명의 장난감이 된 것이 바로 너다. 더 이상 너에게 존재가치는 없다. 전생자는 완전한 요괴가 되었고, 내가 그 육체에 깃들어 학살포식이 된다."

허주는 멈추지 않았다.

"너를 쓰러뜨리고 가는 것은 어려운 일이 아니야. 설마 저 인간이 도움이 될 것이라 여기는 것이냐? 하하하, 아무 도움도 안 돼. 이미 저놈의 의식은 완전히 내가 장악했다."

그 말대로였다. 이성민도 몇 번이나 학살포식을 공격하려 했으나, 몸에 힘이 전혀 들어가지 않았다.

그 많던 내공도, 끝없던 요력도. 그 무엇도 이성민을 돕지 못했다.

"야."

이성민은 허주의 등을 보았다. 허주는 뒤를 돌아보지 않았다.

"내가 지난번에 말했었지. 어쩌면, 나는 너를 만나기 위해 죽은 것일지도 모른다고."

그 말에 이성민은 꾸욱 주먹을 말아 쥐었다.

어쩌면, 이 일에 대해서 이성민이 죄책감을 가질 필요는 없을지도 모른다.

이성민이 이 사실을 알았던 것도 아니고, 이성민에게 일어
난 모든 일이 이성민의 동의하에 일어난 것도 아니었으니까.

하지만, 이성민은 죄책감을 느끼고 있었다. 모르고 있었다
고 해도. 그의 동의 없이 일어난 일들이라고 해도.

결국 모든 것이 이성민의 책임 아닌가? 결국, 내가 너무 약
해서. 하찮아서. 그래서 운명력이 이성민에게 집중되었다.

그 정도의 존재인 이성민이 전생자로 선택된 것부터가 마령
의 의도였다고 해도.

"그게 뭐 어쨌다는 거냐."

쿠웅.

허주가 힘을 주어 발을 앞으로 뻗었다. 그는 멀찍이서 웃고
있는 학살포식을 향해 무릎을 굳혔다.

우둑, 우두두두둑!

허주의 전신에서 뼛소리가 울렸다. 근육이 크게 부풀고 조
이는 것이 반복되었다.

"나는 너를 만나게 된 것을 후회하지 않는다. 네 머릿속에서
네가 하는 짓을 보는 것은 꽤 즐거웠다. 그때, 그렇게 죽는 것
보다는 이렇게 혼이라도 남아 너와 함께 여행하는 것이 이 어

르신에게는 더 즐거웠단 말이다."

"요괴답지 않은 말을 하는군."

학살포식이 이죽거렸다. 그 말에 허주도 머리를 끄덕거리며
웃었다.

"어쩔 수 없는 일 아닌가? 혼만 남아 저 멍청한 놈의 마갑에
기생하며 살았으니 말이야. 예전의 포악함이 줄어드는 것도
어쩔 수 없는 일이지."

뚜둑…… 뚜두둑.

허주의 근육이 한계까지 조여졌다.

"알아 둬라. 나는 너와 만나서 즐거웠다. 운명이니 뭐니 하는
개똥 같은 것은 모르겠지만, 너와 만나 지낸 몇 년은 이 어르신
이 살았던 평생과 비교해도 부족하지 않을 만큼 즐거웠다. 그
리고…… 이 어르신은 너와 약속했다. 너를 막아주겠다고."

안 돼.

이성민의 얼굴이 하얗게 질렸다.

끔찍하고 두려운 예감이 몰려왔다. 지금의 이성민은, 사마
련주의 죽음을 떠올리고 있었다.

그리고 광천마의 죽음도. 이성민에게 있어서 허주의 존재는
그 무엇과도 비교하기가 힘들었다.

이성민이 가장 불안하고 불완전했을 때, 이성민을 떠나지
않았던 것은 허주였다.

이성민이 위기에 처했을 때마다 조언하고 무리해서까지 앞으로 나서 준 것 역시 허주였다.

허주는 이성민에게 있어서 스승이었고, 친구였으며, 아버지였다.

이성민은 급히 손을 뻗어 허주를 잡으려 했다. 그 손짓이 의미가 없다는 것을 알아도. 자신 때문에 허주마저 완전히 사라지는 것을 도저히 두고 볼 수가 없었기 때문이다.

"두려워하지 마라."

그 목소리가 이성민의 귓가에 남았다.

꽈아아앙!

허주가 땅을 박차고 앞으로 튀어나갔다. 이성민의 몸이 뒤로 붕 날아갔다.

"떠나고자 했다면 나는 진즉에 너를 떠날 수 있었다."

공간 전체에 허주의 외침이 울렸다.

꽈르르르릉!

어마어마한 굉음과 함께 무의식의 세계가 뒤흔들렸다.

한참을 뒤로 날아간 이성민은 허주와 학살포식의 모습을 보지 못했다.

학살포식의 커다란 웃음소리와 무언가가 터지고 박살 나는 소리만이 이성민이 듣는 전부였다.

제발.

이성민은 비틀거리며 몸을 일으켰다.

나를 절망시키지 마.

그는 양손으로 자신의 머리를 감싸 쥐었다. 언제나 달고 있던 두통은 지금은 느껴지지 않았다.

하지만 그보다 더 큰 두려움이 그의 몸을 떨리게 하고 있었다.

여태까지 모르고 있던, 새로이 알게 된 모든 것들이 이성민을 압박하고 있었다. 종언의 운명에서 마령이 배신했다.

그로 인하여 자격이 없는 이성민이 과거로 돌아오게 되었다.

아, 아아. 그래서 므쉬가 그런 말을 하였구나.

모든 것에 대해서, 므쉬가 이미 말해 주었었다.

불친절한 혼잣말.

세상에 우연은 없다.

이계인들에게는 똑같은 특혜가 적용된다. 스킬. 무언가에 대한 학습을 아주 쉽게 만들어주는 편리한 특혜. 그것이 존재하는 것은 그럴 만한 이유가 있기 때문이다.

모든 것에는 이유가 있다. 과거로 돌아온 것에는 과거로 돌아와야 할 이유가 있는 것이다. 그것이 잘 포장된 우연처럼 보일지라도.

돌아왔다면 준비해야 한다. 돌아온 이유에 걸맞은 존재가 되기 위해.

이성민은 자리에 주저앉았다.

아아, 그래. 므쉬. 너는 그때 모든 것을 말해주었구나.

이계인에게 스킬이 존재하는 이유도. 우연이 없는 이 세상에, 왜 나 따위가 과거로 돌아왔는지도.

나는 학살포식이었다.

전생의 내가 보잘것없는 존재였다고 해도, 과거로 돌아온 이상 나는 학살포식의 운명을 갖고 있었다.

내 머릿속 깊은 곳에 학살포식의 의식이 잠들어 있었다. 모든 때가 되었을 때를 기다리며. 그리고, 지금 그때가 되었다.

나라는 존재는.

이성민은 비틀거리며 몸을 일으켰다. 결국 꼭두각시였다. 나라는 존재는 종언을 불러오기 위한 전생자이자 관측자였고, 종언의 재앙 중 하나인 학살포식이었다.

배신한 마령은 나로 인해 모두의 이목을 속이고 위지호연을 손에 넣었다. 그래, 결국 그런 것이다.

이 세계에서 이성민은 주역이 아니었다. 그는 위지호연을 위해 존재하는 버리는 말이었다.

그래서.

그래서, 나는.

이대로 아무것도 하지 못하는 것인가. 사마련주의 죽음에
도 아무것도 하지 못했는데. 이번에도, 아무것도 하지 못하고.
허주가 사라질지도 모르는 것을 봐야 하는가?

싫다.

이성민은 이를 악물었다. 싫다. 그게, 싫다. 당연히 싫을 수
밖에. 아무것도 하지 못했던 자기 자신이 혐오스러웠다.

광천마의 죽음에도, 사마련주의 죽음에도. 그게 싫어서 사
마련주의 힘을 계승했다. 무력하기 짝이 없는 자신으로 남고
싶지 않아서.

'아.'

문득.

이성민은 자신의 손에 무언가가 쥐어져 있음을 알았다. 이
성민은 그것을 들어 올렸다. 새하얀, 백색의…… 송곳이었다.

예전에, 암존을 죽였을 때. 최후의 순간에 암존이 손에 쥐고
서 이성민을 찌르려고 했던 물건이다. 무신은 이 뭔지 모를 백
색 나무 송곳을 두고서 백아(白牙), 미스틸테인이라고 말했었다.

이것이 어디에 쓰이는 물건인지는 이성민도 알지 못했다. 왜 이 순간에 백아가 자신의 손에 쥐어져 있는 것인지도 알지 못했다.

이것도 운명인 것일까. 그렇다면 이 빌어먹고 엿 같은 운명의 종착지는 어디일까. 학살포식으로 각성하는 것이 나에게 주어진 운명이라면.

"……좀…….."

이성민은 이를 악물었다. 계산 따위는 하지 않았다. 그는 자신의 손에 쥐어진 백아가 대체 어디에 쓰이는 물건인지도, 어떤 기능을 가지고 있는 것인지도 모르니까.

단지 뭐라도 해야만 했다. 무력한 자기 자신이 싫었기 때문에.

"엇."

솔직히 말해서, 학살포식은 허주가 이렇게까지 강할 것이라고는 생각하지 않았다.

어르무리에서 보았을 적만 하여도 허주는 학살포식의 상대가 아니었기 때문이다.

그런 허주의 힘도 놀라웠지만, 지금 학살포식을 경악하게 만든 것은 허주가 아니었다.

그는 멀리 있는 이성민의 양손에 쥐어져 있는 것을 보았다. 무슨 생각이냐.

학살포식의 정신이 굳어버렸다. 이성민은 백아의 날카로운 끝을 자신의 심장에 겨누고 있었다.

"그만!"

학살포식이 고함을 질렀다. 그 외침에 여유는 없었다. 그 거대한 외침에 허주는 흠칫 놀랐다. 그가 이성민을 돌아보았을 때, 학살포식은 전력을 다해 의식 세계를 가로질러 이성민에게 날아가고 있었다.

"놈!"

허주가 고함을 터뜨리며 학살포식을 뒤쫓았다. 그는 날아가던 학살포식의 어깨를 잡아 땅에 처박았다.

학살포식이 거칠게 저항하며 발버둥 쳤다.

"계속해!"

허주는 양손으로 학살포식의 어깨를 짓누르며 외쳤다. 이성민이 대체 무슨 짓을 하려 하는 것인지는 모른다. 하지만 그 여유롭던 학살포식이 이런 격정적인 반응을 보이는 것을 보니, 이성민이 하고자 하는 일이 학살포식에게 곤란한 일임은 틀림없어 보였다.

그 모든 외침을 들으면서.

이성민은 백아를 잡은 양손에 힘을 주었다.

자신의 가슴을 관통하고, 심장을 뚫어 그 뒤편으로 나올 때까지.

통증은 없었다.
가슴으로 찌른 백아는 아무런 저항감 없이 이성민의 몸을 꿰뚫었다.
안 돼. 멀리서 학살포식이 부르짖었다. 통증은 없었지만 다리에 힘이 풀렸다.

쩌적, 쩌저저적.

새카만 공간에 흰색 균열이 가기 시작했다. 그것은 깨진 유리창처럼 산산이 조각나 무너져 내렸다. 그렇게, 세계가 무너져 내린다.
"이…… 어리석은……."
허주에게 붙들려 나자빠져 있던 학살포식은 저항을 포기했다.
이성민이 백아를 써서 자신의 가슴을 꿰뚫은 순간부터. 학살포식이 할 수 있는 일은 없었다. 그는 허탈한 목소리로 중얼거렸다.
"네가…… 무슨 짓을 한 것인지 알고는 있느냐?"

"몰라."

주저앉은 이성민은 자신의 세계가 무너지는 것을 보았다.

이 세계는 이성민의 무의식이다. 세계가 무너진다는 것은 정신의 붕괴를 뜻하는 것일까. 모르겠다. 그래도, 이것 하나만큼은 알았다.

학살포식이 날뛰는 것을 포기했다.

"백아…… 미스틸테인은. 모든 저항력을 무시하고 관통하여 파괴하는 절대의 창이다."

창이라기보다는 송곳에 걸맞은 형태이기는 하다만. 학살포식이 덧붙이며 큭큭 웃었다.

"그리모어와 그리에스처럼, 이 세상의 법칙에 제어를 받지 않는 물건이지. 신령은 그것을 무신에게 주었다. 무신의 역할은 미스틸테인을 사용해 마령이 절대자로서 제련한 위지호연을 죽이는 것이었지."

하지만, 학살포식이 말했던 것처럼. 운명이라는 것은 거대한 흐름이다.

그 안에서 일어나는 변수와 인간의 선택 등 모든 것을 운명이 완벽하게 통제하는 것은 불가능하다.

무신은 자신의 손에 들어온 미스틸테인에 백아라는 이름을 붙였고, 자신의 심복이자 진심으로 자신을 따르던 암존에게 친애와 신뢰의 증거로서 백아를 맡겼다.

그리고 암존은 이성민에게 죽었고, 백아가 이성민의 손에 쥐어졌다.

"너는 자살을 한 것이다."

학살포식이 내뱉었다.

"왜 백아가 지금 네 손에 쥐어진 것인지는 모르겠다. 아마…… 마령이 개입한 것이겠지. 그리고 너는 어리석게도 네가 하는 것이 무슨 의미인지도 모르고 저질렀구나."

"너를 막아야만 했으니까."

이성민의 가슴에 박혀 있던 백아가 가루가 되어 흩어진다.

"나를 막는다고? 그것에 대체 무슨 의미가 있다는 거냐. 이해를 못 하는 것인가? 나는, 너는, 학살포식이다. 네가 전생해서 이 세계에 다시 돌아온 순간부터 너는 학살포식으로 내정되어 있었다는 말이다."

"원래대로라면 내 의식은 완전히 소멸했겠지."

변수가 거듭되지 않았더라면 그렇게 되었을 것이다. 학살포식으로 각성한 순간 본래의 의식은 소멸하고 학살포식이 육체를 장악했을 테니. 하지만, 이성민의 의식은 소멸하지 않았다.

"우연은 없다고 했어."

이것이 본래의 운명이 아닐지라도.

"나는, 나 스스로 선택했다. 나는 소멸하지 않았으니까. 나는…… 종언이 되고 싶지 않아. 학살포식이 되고 싶지 않아."

"그래서 자살한다고? 하하······ 너 자신이 죽어서 무슨 의미가 있다는 것이냐?"

"내가 아니게 되는 것보다는 내가 끝내는 것이 낫지."

이성민의 대답에 학살포식이 비웃음을 흘렸다. 그의 몸이 천천히, 먼지로 변해갔다.

"마령이 조금은 성공했군."

학살포식이 중얼거렸다.

"거듭된 변수가 네 의식을 너무 강하게 만들었어. 적어도, 마령은 학살포식까지는 가로막는 것에 성공했구나. 하지만 다음은, 그다음은, 또 그것의 다음은 어찌할 테냐."

먼지로 흩어지며 학살포식이 물었다.

"종언의 재앙은 계속해서 올 것이야. 이 변수 가득한 세상에서, 반드시 출현하는 재앙인 학살포식이 사라졌다고 해도. 그를 대체할 다른 재앙이 또 등장하겠지. 머지않아 정령의 여왕이 깨어날 것이다."

학살포식의 목소리에 비웃음이 실렸다.

"그리고 뱀파이어 퀸이 본격적으로 움직이기 시작하겠지. 그녀의 손에는 두 번째 학살포식의 가능성을 가진 키메라가 있다. 위지호연이 그 모든 것을 막을 수 있으리라 여기는 것이냐?"

하하, 하하하하. 학살포식의 비웃음이 높아졌다.

"네가 한 것은 발악이다."

그것을 마지막으로 학살포식의 웃음소리는 더 이상 들리지 않았다.

허주가 천천히 몸을 일으켰다. 그는 이성민을 향해 다가오면서 씁쓸한 표정을 지었다.

학살포식의 외침을 통해 그도 무슨 일이 일어난 것인지 이해했다. 그는 가슴에 자그마한 구멍이 나 있는 이성민을 보며 머리를 가로저었다.

"미안하다."

"네가 나에게 미안해할 것이 뭐가 있다는 거냐."

"너를 막을 수 없었으니까."

"아니. 너는 충분히 나를 도와주었어. 네가 놈을 막고 있지 않았더라면 나는 아무것도 할 수 없었을 테니."

그 말에 허주가 쓰게 웃었다. 세계가 완전히 무너져 내리고 있었다.

허주는 이성민의 몸을 일으키려다가, 그 옆에 털썩 주저앉았다. 일으킬 필요가 없다고 여겼기 때문이다.

이성민은 정신적으로 자살했고 완전히 붕괴하고 있다.

"안 가냐?"

이성민이 허주에게 물었다.

"가긴 어디를 가냐."

"학살포식이 그랬잖아. 너는…… 나를 떠나, 내 스승님이 간 세계로 갈 수 있었다. 언제고 네가 바라기만 하였다면 그 길을 걸을 수 있었겠지."

"그래. 어르무리에서 나는 처음으로 그 길을 보았고, 지금의 나라면 저 길을 단숨에 건널 수 있을 것임을 알았다. 지금도 마음만 먹는다면 갈 수 있어."

"근데 왜 안 가냐."

"급할 것이 뭐가 있다고."

허주는 투덜거리면서 뒤통수를 벅벅 긁었다. 기분이 엿 같은 것이 술이라도 진탕 마시고 싶은 기분이었다. 하지만 술은 없었다.

호리병도 바깥에 있고. 옆에 주저앉은 허주를 보며 이성민은 희미하게 웃었다.

"급할 것 없으면 느긋하게 있다 가라."

"너 사라지면 갈 거다."

허주가 투덜거렸다.

실제로 이성민의 몸은 학살포식이 흩어졌던 것처럼 가루가 되어 흩어지고 있었다.

이성민은 그런 자신의 몸을 내려 보면서 말했다.

"나 사라져도, 조금만 있다가 가라."

"왜."

"혹시나 싶은 것이 있거든."

백아를 자신의 가슴에 찌른 것까지는, 무턱대고 한 일이 맞다. 하지만 학살포식의 외침을 들으면서 이성민은 혹시 모를 가능성을 염두에 두게 되었다. 만약, 이성민의 바람대로 된다면.

'그렇게 된다면.'

"개새끼. 제대로 말도 안 해주고 가냐?"

여운을 남기고 사라지고 싶었는데, 허주가 눈에 쌍심지를 켜며 그렇게 쏘아붙였다.

"나보고 뭔지도 모르고 기다렸다가 가라고? 대체 언제까지? 왜? 이 씨발놈아, 제대로 말이라도 하던가. 다른 새끼들이 여태까지 너한테 애매하게 말하고 제대로 알려주지도 않았다고 나한테 화풀이하는 거냐?"

"아, 좀."

허주의 외침에 이성민은 한숨을 푹 내쉬었다. 다행히, 이성민의 몸은 아직 완전히 사라지지 않았다.

"데니르의 정신 수련에서 나는 몇 번이나 정신이 붕괴하고, 정신이 죽었었다. 그런데 시간이 지나니까 자연히 정신이 회복되어서 다시 멀쩡해졌어."

"아."

이성민이 내뱉는 말에 허주의 눈이 크게 떠졌다.

"확신은 없다. 이번에도 내 정신이 그렇게 살아날 수 있는 것인지는 모르겠어. 하지만…… 만약에라도. 내가 다시 정신을 차리게 되었을 때. 네가 말을 걸어오지 않는다면 많이 쓸쓸할 것 같다."

"오그라드는 소리 하지 마라."

"아니, 진심으로."

빌어먹을 새끼. 허주가 투덜거렸다.

그는 다리를 쭉 뻗고 앉더니 그대로 상체를 뒤로 젖혀 벌러 덩 누워버렸다.

"잠이라도 자고 있으마."

그 말에 이성민은 희미한 미소를 지었다.

"너무 늦으면 나도 그냥 간다."

"노력은 해보지."

이성민의 몸이 먼지가 되어 흩어졌다.

허주는 흩날리는 먼지와, 무너지는 세계를 올려 보면서 혀를 찼다.

"까짓거. 수백 년도 혼자서 잘 지냈는데."

허주는 그렇게 투덜거리며 두 눈을 감았다.

"오셨습니까."

영매가 입을 열었다. 그녀는 천천히 머리를 돌려 무신을 보았다. 무신은 이곳을 떠났을 때보다 말랐고, 초췌했고, 지저분했다.

영매는 두 눈이 보이지 않기에 무신의 행색이 남루한 것을 보지는 못했다. 하지만 무신은 새삼 부끄러움을 느껴, 텅 비어버린 자신의 왼쪽 소매를 오른손으로 움켜잡았다.

북쪽에서의 일 이후로. 수개월 만에 무신은 이곳으로 돌아왔다.

서두르고자 한다면 더 서두를 수 있었겠으나, 무신은 서두르지 않고서 세상을 떠돌았다.

먹고 마시는 것을 잊었고 씻는 것을 잊었다. 지금의 무신은 개방의 거지와 크게 다를 것이 없을 정도로 지저분했다.

그만큼, 북쪽에서의 일은 무신에게 있어서 많은 충격을 주었다. 적수라고 생각했던 사마련주가…… 자신과 비교도 할 수 없는 무위를 손에 넣었다는 것.

이전에 만났을 적에는 서로가 승기를 잡을 수 없을 정도로 실력이 대등했었는데. 다시 만난 사마련주는 무신이 결코 넘을 수 없는 벽이자 산, 아니, 그보다 높고 견고하고 거대한…… 그런 것이 되어 있었다.

특히나, 사마련주가 마지막에 보여준 신위는 아무리 생각해 보아도 무신을 이해할 수 없게 만들었다.

"원하시는 바는 이루었습니까?"

"신령께서 고하지 않으시던가?"

무신이 되물었다.

쫘악.

그는 왼팔 소매를 움켜잡았다. 거칠게 뜯겨나갔던 왼팔. 이제는 존재하지 않은 그 왼팔에서 욱신거리는 통증이 느껴졌다. 수개월 동안 쭉, 무신은 이런 통증을 느껴왔다.

"고하셨습니다. 종언의 가장 큰 재앙 중 하나인 사마련주가 쓰러졌노라고. 하지만 무신, 이 세상은 아직 종언에서 완전히 벗어나지 못했습니다."

"안다."

무신은 그렇게 내뱉으면서 발을 질질 끌어 영매의 곁에 섰다.

무신은 아랫입술을 빠득 씹으며 아래를 보았다. 자그마한 연못에서 잉어들이 헤엄치고 있었다.

"하지만…… 천외천은 힘을 잃었다. 권존과 검존, 암존이 죽었지. 창왕과 흑룡협은 천외천을 배신했어."

무신은 그 둘을 죽이지 못했다. 결정적인 순간에 그들은 도주했고, 너무 지친 덕에 무신은 그들을 쫓지 못했다.

"그리고…… 월후. 그대의 자매마저 죽었지."

"아니요."

무신이 힘겹게 내뱉은 말에, 영매는 빙그레 웃으며 머리를 가로저었다.

"제 언니는 죽지 않았습니다."

"……그게 무슨 말인가?"

영매의 말에 무신이 이해할 수 없다는 표정을 지었다. 월후는 틀림없이 죽었다. 무신이 보는 앞에서, 사마련주에 의해 몸이 터져 완전히 산산이 조각나 버렸다.

"월후는 죽었어."

"죽지 않았습니다. 아니, 그 자리에서는 죽었을지도 몰라도. 신령의 은총을 입은 제 언니는 다시 부활하였습니다."

"뭔 말도 안 되는……."

아무리 무신이라고 해도 영매의 그런 말은 이해할 수가 없었다. 하지만 영매는 무신의 이해 따위는 상관하지 않았다.

그녀가 짓고 있는 뜻 모를 미소를 보며 무신은 머리를 가로저었다.

그의 상식으로는 도저히 이해할 수가 없는 일이었지만, 그런 상식 따위. 북쪽에서 이미 산산이 박살 났다.

"이제…… 무엇을 해야 하지?"

무신이 멍한 목소리로 물었다.

"마령을 만나 종언에 대한 답을 구하고자 하였으나, 제대로 된 답을 듣지는 못했다. 종언의 재앙 중 하나인 사마련주를 죽였다. 이제…… 또 무엇을 해야 하나? 아직 종언은 끝나지 않았다. 이 세상을 구하기 위해서…… 나는 이제 또 무엇을 해야 하지?"

"기다리십시오."

영매의 감겨진 눈이 뜨여졌다. 그녀의 두 눈은, 세상의 모든 찬란한 빛을 담은 것처럼 화려한 빛을 내뿜고 있었다.

저 아름답고 환한 눈동자를 가지고 있으면서도 영매는 아무것도 보지 못한다.

하지만 그녀의 두 눈은 마주 보는 것만으로도 마음을 흔들리게 하는 마력이 있었다.

"신령께서 기다리라 고하셨습니다. 아직 충분히 때가 되지 않았습니다. 무신, 당신 역시 준비가 되지 않았을 겁니다."

준비.

무신은 소매를 움켜쥐었다. 무슨 뜻인지 알았다.

사마련주와의 싸움은 무신의 세상을 넓게 만들어주었다. 이 정도면 인간으로서 끝에 선 것이라 알았는데…… 아니었다. 아직 더 나아갈 곳이 남아 있었다. 무신은 천천히 머리를 끄덕거리며 몸을 돌렸다.

'종언.'

무신은 잡고 있던 소매를 놓았다.

종언을 막고자 하는 마음은 진실이었다.

3장
봉인

"그러고 보니."

모닥불을 앞에 두고 모여 앉은 이들 중, 누군가가 입을 열었다.

아직 앳된 티가 채 벗어나지 않은, 청년이라고 하기에는 조금 어려 보이는 소년이었다.

그는 쌀쌀한 밤공기에 어깨에 두르고 있는 모포 자락을 여미며 고개를 돌렸다. 어둠이 짙어 잘 보이지는 않았지만, 소년이 보고 있는 것은 먼 곳에 있는 무너진 성벽이었다.

"정말로 나오는 겁니까?"

"뭐가 말입니까."

소년의 질문에 근처에 앉은 청년이 되물었다. 목소리에 실린 서늘함에 소년은 조금 주저하기는 했지만, 용기를 냈다. 그는 궁금한 것은 참지 못하는 성격이었다.

"저 도시에서 말입니다."

"저걸 도시라고 할 수 있겠습니까? 폐허지."

청년이 마른 웃음을 흘렸다. 그 냉소적인 반응에 소년의 어깨가 축 처진다. 소년의 이름은 제갈영. 이름보다는 아룡(兒龍)이라는 별호로 불린다.

"뭐 이리 차갑게 굴어요?"

쏘아붙인 것은 당가의 금지옥엽, 독접(毒蝶) 당아희였다.

사실 이제는 금지옥엽이라는 말을 쓰기에는 당아희의 나이가 꽤 많아졌지만, 아직까지 그녀는 아리따운 미모를 유지하고 있었다.

나이가 이미 마흔이 넘어 중년이라 해야 하겠지만 그녀는 아직까지 미혼이었고, 중년 미부다운 완숙함을 가지고 있었다.

"뭣 모르는 소리를 하는 것 같아서 한 마디 해주었을 뿐입니다."

"개구리 올챙이 적 생각하지 못한다더니. 당신 어릴 때는 기억 안 나나 보죠?"

당아희가 이죽거리자 청년은 온기 없는 서늘한 시선을 당아희에게 쏘아 보냈다. 당아희는 그 시선에 조금 움찔하기는 했지만, 이내 어깨를 활짝 펴면서 당당히 가슴을 내밀었다.

"기억 안 난다고는 하지 마요. 그때, 북쪽에서……."

"나한테 그때의 이야기를 하는 이유가 뭡니까."

모용찬의 두 눈이 적의를 담았다. 아차. 당아희는 찔끔하여 입을 다물었다.

북쪽에서의 일. 김종현 1차 토벌전. 그때의 일은 모용찬에게 있어서 금기와 다름없는 일이었다.

잘 나가던 명문세가 중 하나인 모용세가가 몰락한 이유가 그 토벌전 때문이다.

토벌전 도중 복수의 광기에 사로잡힌 전대 모용세가의 가주, 모용찬의 아버지가 마법사들을 공격했다.

그 전투에서 가주는 사망했고 모용세가의 정예 병력은 괴멸에 가까운 타격을 입었다.

당시 무림맹은 그 일에 대해 깊은 유감을 표하며, 모용세가에게 어마어마한 금액을 징수했다.

그 벌칙금을 마련하기 위해 모용세가는 가지고 있는 토지를 대부분 처분했다.

문제는 그 뒤였다. 세가의 정예 고수가 대부분 죽었고, 세가의 최고수였던 모용세가주마저 죽었다.

남은 혈육은 어린 모용찬뿐. 토지도 돈도 고수도 잃은 모용세가는 그렇게 몰락했다.

모용찬이 절치부심하여 무공을 갈고닦아, 그 어린 나이에 초절정의 벽을 깨부수고 뛰어난 실력을 갖추지 않았다면.

모용세가는 그렇게 모두의 역사에 잊혀졌을 것이다.

"자자, 진정들 하시고."

남궁세가, 당가, 모용세가, 제갈세가. 본래 이렇게 4개의 무림 세가가 정파의 가장 큰 명문세가였지만, 모용세가가 몰락한 후.

황보세가가 모용세가의 자리를 대신했다.

이 곰처럼 커다란 체구에 덥수룩한 수염을 가진 청년이 황보세가의 소가주인 황보명운이었다.

그는 거친 인상과는 다르게 사람 좋은 미소를 지으며 싸늘해진 분위기를 진정시켰다.

"영이가 궁금해하는 것도 이해 못 할 일은 아니잖소? 찬이형도 너무 까탈스럽게 반응하지 마시고."

황보명운이 중재에 나서자 모용찬은 당아희에게 드러낸 적의를 지워냈다. 당아희는 그런 모용찬을 향해 시선을 쏘아붙이며 투덜거렸다.

"어디서 누님에게 쌍심지를 켜고 지랄이야?"

"자, 자, 누님."

황보명운이 좀 심하게 겉늙기는 했지만, 그는 모용찬보다 몇 살 어리다. 제갈영은 아직 스무 살도 되지 않았다. 이 무리에서 당아희만이 마흔이 넘는 나이였다. 하지만 그녀는 아직도 철이 들지 않아 도저히 마흔의 나이라고는 생각할 수 없는 언행의 소유자였다.

세가의 식솔인 이들 넷이 이곳에 온 것은, 10년 전 게르무드라는 이름을 가지고 있던 저 폐허 도시에서 심상찮은 무리가 준동하고 있다는 소문 때문이었다.

그 진위는 파악할 수가 없지만, 아마 혈맹(血盟)의 무리가 아닐까 추측 중이었다.

혈맹은 5년 전부터 갑자기 나타난 신흥 세력이다. 혈맹의 맹주로 있는 이는 스스로를 혈마(血魔)라 칭하는 인물이다.

사마련이 공중분해 된 후, 그는 이전에 사마련에 소속되어 있던 중소 사파들을 끌어모아 혈맹을 만들었다.

혈맹이 끌어들인 것은 사파뿐만이 아니었다.

김종현이 벌인 두 번의 학살 이후, 흑마법사는 마법사 길드에서 완전히 배척되었다.

모든 흑마법사가 길드에서 강제 추방당했고, 흑마법을 익혔단 것만으로 수많은 흑마법사가 돌을 맞았다.

언제 또 김종현과 같은 흑마법사가 나타날지 모른다. 그가 벌인 두 번의 학살은 세상 사람들로 하여금 흑마법사에 대한 공포를 심었다.

혈맹이 그런 흑마법사들을 거두었다. 그들은 과거 사마련이 있던 도시, 하라스를 거점으로 삼고, 아직까지 과격한 움직임을 보이지는 않았다.

하지만 배척받는 흑마법사들을 거두었다는 점부터가 밉상이다. 정파와 사파가 충돌다운 충돌을 벌이지 않은 지 오랜 시간이 흘렀으나, 이전의 사마련과는 다르게 혈맹은 이런저런 악취가 많이 나는 단체였다.

그러한 혈맹의 무리가 게르무드에서 무언가를 꾸미고 있다. 정보의 출처는 개방으로, 완전히 신뢰할 수는 없어도 무시할 정보는 아니었다.

흑마법사로 보이는 복색을 한 이들도 상당수 저 폐허 도시에 출입하고 있다고 하니, 저들이 폐허 도시에서 무언가를 꾸미고 있음은 틀림없었다.

"한데. 영아. 뭐가 나온다는 것이냐?"

"뭐긴요. 귀신이지요."

황보명운이 묻자, 제갈영이 그렇게 물어주기를 기다렸다는 듯이 목소리를 내리깔며 대답했다.

"10년 전에 저 도시에서 죽은 이들만 해도 수만에 달하지 않습니까?"

10년 전.

마왕 김종현과 그가 부리는 데스나이트 군단은 게르무드에서 대학살을 벌였다. 죄없이 학살당한 게르무드의 시민들은 모조리 좀비가 되었다.

"그건 나도 알지. 저 도시에서 정확히 무슨 일이 벌어졌는지는 잘 모른다만."

황보명운이 콧바람을 내뿜으며 투덜거렸다. 그는 이런 류의 가십거리에는 그리 흥미를 갖지 않는 사람이었다. 그러자 제갈영이 어이가 없다는 표정을 지었다.

"10년 전에, 저 도시에서 마왕 김종현이 대학살을 벌였습니다. 하지만, 결국에는 교회의 성인과 성기사들, 김종현의 악행을 참지 못해 나선 협의지사들이 모여 데스나이트 군단을 무너뜨리고 마왕 김종현을 죽이는 것에 성공했었지요."

소문은 그렇게 났다.

"하지만, 토벌전에서 맹활약을 했던 귀창……."

거기까지 말하고서, 제갈영은 잠시 말을 멈추었다.

그와 나이 차이가 많았던 형. 제갈태령은 귀창에 의해 죽었다. 그뿐만이 아니다. 제갈영은 모용찬 쪽을 힐긋 보았다.

귀창에게 가족을 잃은 것은 모용찬 역시 마찬가지였기 때문이다. 하지만, 걱정했던 것과는 다르게 모용찬의 표정은 그리 나쁘지 않았다.

아니, 정확히 말하자면 아무 감정도 보이지 않는다고 해야 옳을 것이다.

"……그가, 갑자기 광기에 사로잡혀서. 이성을 잃고 날뛰기 시작했다지요. 김종현과 언데드 군단과의 싸움으로 큰 피해를 입었던 성기사단과 협의 지사들은 날뛰는 귀창을 막지는 못했습니다. 그들은 어쩔 수 없이 후퇴했고…… 그들이 마지막으로 본 것은, 채 죽이지 못한 좀비 군단을 학살하며 그들의 썩은 고기를 씹어 먹는 귀창의 모습이었다더군요."

"으……."

그 말에 황보명운이 몸을 바르르 떨었다. 그러니까, 좀비를 잡아먹었다는 것 아닌가?

"그, 귀창이라는 놈은 비위도 좋군. 그래서?"

"태세를 정비한 후, 성기사단은 광기에 사로잡힌 귀창을 토벌하기 위해 다시 게르무드로 들어갔답니다. 하지만…… 도시에는 아무도 없었다는군요. 그들이 본 것은 완전히 죽음을 맞아 썩어 악취를 내뿜는 좀비의 시체들. 먹다 남긴…… 그런 시체들이었답니다."

"귀창은 어디로 간 건가?"

"모릅니다. 그런데…… 추측하기로는, 성기사들이 게르무드에서 후퇴했을 때. 미쳐버린 귀창과 누군가가 싸움을 벌인 모양입니다. 도시에 그런 흔적들이 새로이 생겨 있었다더군요."

"그래서, 귀창이 죽었다는 거야?"

"그걸 모르는 겁니다. 성기사들이 그를 자세히 알아보려 했지만, 도시 전체에 지독한 독기와 요기가 남아 도저히 버티지 못하고 도시를 떠날 수밖에 없었답니다."

그 이후로.

제갈영이 목소리를 내리깔았다.

"진한 독기와 요기가 남아버린 도시는 아무도 살지 못하는 죽음의 폐허가 되었습니다. 쥐 같은 작은 동물은 물론이고 식물도 살 수 없게 되었다는군요. 그 후로 10년이나 지났으니 지금은 독기와 요기가 상당히 줄었다고는 하지만, 평범한 인간은 저 도시에 들어가는 것만으로도 정신을 잃거나 심할 경우 죽음을 맞는다고 합니다."

"그래서…… 귀신이 나온다고?"

"예. 억울하게 죽은 사람들만 해도 수만이고, 독기와 요기가 떠도는 도시…… 저 도시 근처를 지나는 중에 희끄무레한 귀신을 보거나 아무도 없는데 비명 소리를 들었다는 사람들도 엄청 많습니다."

"귀신은 모르겠고."

줄곧 침묵으로 제갈영의 이야기를 듣고 있던 모용찬이 입을 열었다.

"요괴는 틀림없이 나올 거요. 사람이야 버티기 힘든 독기와 요기라지만, 요괴들에게 있어서는 독이 아닌 약이 되는 기운이니까. 특히나 이곳은 요괴가 득실거리는 남쪽이니. 그에 대해서는 그대가 더 잘 알지 않소?"

모용찬은 그렇게 제갈영을 보았다. 제갈세가가 터를 잡은 곳은 데븐. 이곳에서 그리 머지않은 남쪽 도시다.

"……압니다. 요괴가 얼마나 귀찮고 잔악한지. 하지만, 저 도시에서 수작을 부리고 있는 것이 혈맹이라면…… 혈맹의 흑마법사들이 저 도시에서 무언가를 꾸미고 있다면. 반드시 막아야 하지 않겠습니까? 어쩌면 그들은 10년 전의 마왕 김종현이 하려 했던 악행을 다시 벌이려 하는 것일지도 모릅니다."

"죽으면 아무 소용 없는 일이오."

모용찬은 그렇게 말하면서 모포를 여미고 몸을 기울여 누웠다.

"의협심과 명성이 높아 봤자, 죽으면 끝이지."

그래. 죽으면 끝이다. 모용찬은 그 사실을 절대로 잊지 않는다. 10년 전의 일로 완전히 몰락한 가문을 부흥시키기 위해 밤낮으로 무공을 수행했다.

초절정의 벽을 뚫고서도 부족하다 여겨 더, 더 무공을 갈고 닦았다.

이 정도면 부끄럽지 않다 여겨 몇 년 전에 무림맹의 문을 두드렸다.

모용세가의 젊은 가주로서, 모용세가의 이름을 다시 떨치겠다는 일념하에.

하지만 죽으면 끝이다.

모용찬은 자신의 아버지가 죽던 모습을 떠올리며 눈을 감았다.

해가 뜨고. 무리는 태세를 정비하고서 게르무드 쪽으로 나아갔다.

저 도시에서 대체 무슨 일이 벌어지고 있는 것인지를 파악하고서, 가능하다면 뭔지 모를 음모를 분쇄하는 것이 목적이다.

불가능하다면? 후퇴해 저 도시에 벌어지는 일에 대해 무림맹에 보고를 올려야 한다.

게르무드에 들어가기 전, 당아희가 모두에게 환약을 하나씩 나누어 주었다.

10년이나 흐른 덕에 도시의 독기가 많이 옅어지기는 했다지만, 오래 호흡해서 좋을 것은 없다. 환약을 하나씩 받아먹으면서 당아희는 자신의 이런 처지에 대해 한숨을 내쉬었다.

'이 나이 먹고서 현장에서 이러고 있어야 한다니.'

차라리 진즉에 혼인이라도 올리고 안주인 행세라도 할 걸 그랬나.

'이번 일만 끝난다면 돌아가서 적당히 시집이라도 가야겠어.'

당아희는 그런 생각을 하며 입안에 자신 몫의 환약을 밀어넣었다.

불과 몇 시간 후에, 오랜만에 바지에 오줌을 지릴 것은 꿈에도 상상하지 못하고서.

이 도시. 10년 전 수만에 달하는 시민들이 학살당했고, 마왕 김종현과 데스나이트 군단이 있었으며, 그 후에는 미쳐버린 귀창이 한때 살아있는 인간이었던 좀비들을 잡아먹고 날뛰던 곳.

이곳은 그런 끔찍한 일을 겪은 도시였지만, 그것도 벌써 10년 전의 일이다.

그 참극의 중심인 게르무드는 음산한 폐허 도시였다.

한때에는 남쪽의 대도시로서 화려했지만, 10년 전의 참극과 자욱한 독기와 요기로 인해 사람이 살 수 없게 된 이곳은, 도시이지만 썩어가고 있었다.

그런 도시에 입장하는 것이다 보니 모두가 경계하고 있었다.

하물며 이곳에서 혈맹의 뭔지 모를 음모가 벌어지고 있을지도 모른다는 것이 다들 긴장하게끔 만들었다.

그들은 아는 것이 너무 적었다. 개방의 정보를 받아 이곳으로 왔고, 나름대로 정보를 더 수소문했다고는 해도 뭔가를 더 알아내지는 못했다.

귀창이 미쳐버린 이후 저 도시에는 근원을 알 수 없는 진한 요력과 독기가 남았다.

그것은 저 토지를 완전히 죽여 버려서, 잡초 하나 자라지 못하게 만드는 죽음의 불모지로 만들어놓았다.

그러다 보니 흔한 난민도 살지 않는다. 도시에 남은 요력과 독기에 욕심을 내고서 꽤 많은 요괴가 게르무드를 찾았지만, 대요괴라 불리는 이들도 도시의 요력과 독기를 견뎌내지 못했다.

지금이야 요력과 독기가 상당히 잦아들어 출입이 가능해졌지만, 그것은 인간에게만 해당되는 것은 아니었다.

엷어진 만큼 요괴들도 출입하게 되어, 도시 근처를 배회하는 요괴의 수도 꽤 되었다.

그것이 더욱 저 폐허 도시 근처에 사람이 없게 만들었고, 그만큼 소문은 제한되게 되었다.

이곳에 무엇이 있는지. 그들이 무엇을 하려 하는지. 그 배후에 있는 것이 누구인지.

"끄아악!"

갑작스레 터진 비명이 시작이었다.

'혈맹…… 혈맹이라고? 이놈들이?'

검을 휘두르며 맞서는 모용찬의 두 눈이 흔들린다.

희끄무레한 잔영을 남기며 재빠르게 움직이는 적들은, 초절정의 벽을 뚫고서도 수행을 거듭해 온 모용찬의 눈으로도 제대로 쫓을 수가 없었다.

창백하게 질린 피부와 붉은 눈동자. 입술 너머로 보이는 날카로운 송곳니…… 인간이 아니다. 요괴?

'뱀파이어……! 뱀파이어가 대체 왜?'

혈맹이 뱀파이어와도 손을 잡았단 말인가? 모용찬은 이를 악물고서 모용세가의 비전검법을 펼쳤다.

하지만 뱀파이어들은 그런 모용찬의 검법을 능숙하게 받아 넘기거나 피하고, 틈을 파고들어 역공을 가했다.

　모용찬은 헛바람을 삼키며 보법을 펼쳐 그들의 공격에서 빠져나왔다.

　인간보다 압도적으로 뛰어난 신체 능력을 가진 것이 뱀파이어다.

　단순히 그것뿐이라면 상대에 큰 어려움이 없겠지만, 저들은 육체 능력만을 믿고 날뛰는 무식한 놈들이 아니었다.

　곤란함을 느끼고 있는 것은 모용찬 뿐만이 아니었다.

　커허어엉!

　커다란 울음소리와 함께 수십의 인원이 적진에 더해졌다.

　라이칸슬로프들이었다. 그 뒤를 따라 모습을 보인 것은 시커먼 로브를 뒤집어쓴 흑마법사들이었다.

　제대로 된 싸움이 이루어지지 않았다. 뱀파이어들과 라이칸슬로프들은 수백에 달하는 무림맹 무사들을 상대로 오히려 압도적인 힘의 차이를 선보였다.

　투항한다면 죽이지 않겠다. 포로로서 대해주겠다. 거듭된 외침에 무림맹 무사들은 결국 저항을 포기했다.

　그래서, 이렇게 되었다.

　"얼마나 죽었나?"

　"사망자가 23, 중상자가 12. 나머지는 신경 쓰지 않아도 될

경상입니다."

보고를 올리는 것은 혈맹 소속의 무인이었다. 사파에서는 수라염도(修羅炎刀)라고 하여 제법 이름이 알려진 인물이었다.

그러한 위명 덕에 혈맹 내에서도 수라염도는 무시당하지 않을 위치에 서 있었다.

그런 수라염도가 머리를 깊이 조아리며 보고를 올리고 있었다. 보고를 들은 뱀파이어는 머리를 끄덕거리고서 흑마법사들을 향해 다가갔다.

"가능하겠나?"

"확답은 해드리지 못할 것 같습니다…… 이곳에 새겨진 봉인이라는 것이, 워낙에 난해한 것이라서요. 마법이 아니라 주술로서 새겨진 봉인입니다."

흑마법사가 식은땀을 흘리며 말하자 뱀파이어가 언짢은 표정을 지었다. 별 자신을 내보이지 않는 흑마법사의 태도가 마음에 들지 않았다.

"최대한 노력해."

그렇다고 쓴소리를 할 수는 없었다. 그나마 봉인을 풀기 위해 시도라도 할 수 있는 것이 이곳에 데리고 온 흑마법사들이었기 때문이다.

'봉인?'

모용찬을 비롯한 무림맹의 포로들은 모조리 포박되어 있었다. 혈도를 짚여 내공도 제대로 끌어 올릴 수 없었다.

그렇다고 듣는 귀가 막힌 것은 아니었다. 봉인…… 무슨 봉인? 모용찬은 오가는 이야기를 이해할 수가 없었다.

포로로서 대해주겠다는 말에 대부분이 투항했다.

몇몇 이들은 끝까지 저항했지만, 이상하게도 뱀파이어와 라이칸슬로프들은 투항을 포기하고 저항하는 이들도 죽이지 않고 제압하는 것에 중점을 두었다. 그 때문에 사망자의 수는 그리 많지 않았다.

'왜 죽이지 않은 것이지? 그리고 포로라니…….'

모용찬이 그런 의문을 느끼는 동안, 당아희는 모용찬과 가까운 곳에 주저앉아 머리를 푹 숙이고 있었다.

정말, 재수도 옴팡지게 없다는 생각을 하면서. 당가로 돌아간다면 적당한 세가나 상인 가문에 시집이라도 가서 편하게 살 생각이었는데.

그것을 목전에 둔 마지막 임무에서 이런 빌어먹을 상황에 처하게 되다니.

"이보시오!"

상처투성이의 황보명운이 고함을 질렀다. 그는 투항하지 않고 마지막까지 싸운 덕에 온몸이 피와 땀으로 흠뻑 젖어 있었다.

그는 핏발 선 눈을 치켜뜨며 가까운 곳에 있는 뱀파이어를 노려보았다.

"대체 이곳에서 무슨 일을 벌이려는 것이오? 왜 우리를 이곳으로 데리고 온 것이냔 말이오!"

무림맹의 무사들이 포박되어 꿇려 앉힌 곳은 폐허로 변한 이 도시에서도 가장 처참한 흔적이 남은 곳이었다. 황보명운의 곁에 포박되어 어깨를 움츠리고 있는 제갈영은 그런 주변을 힐긋거리며 보았다.

한쪽에서 라이칸슬로프들이 걸터앉아 술을 마시고 있었고, 인간으로 보이는 무림인들은 로브를 뒤집어쓴 흑마법사들 주변에서 분주히 움직이고 있었다.

그리고 뱀파이어들은 포박해 놓은 무림인들을 감시하고 있었다.

"알아서 뭐하려고?"

싸늘한 인상의 여자 뱀파이어가 이죽거렸다.

"설마 진짜로 포로 대우라도 해줄 줄 알았어?"

"뭐야?!"

뱀파이어가 비웃으며 뱉은 말에 당아희가 빽 하고 고함을 질렀다.

그녀는 두 눈을 부릅뜨고서 뱀파이어를 돌아보았다.

"투항하면 포로 대우를 해주겠다고 했잖아!"

"순진한 인간이네."

당아희가 따지며 묻자 뱀파이어가 웃음을 흘린다.

"어차피 너희들은 모두 죽어. 재수가 없었다고 생각해."

"으아아앙!"

그 말에 당아희가 엉엉 울기 시작했다. 진짜로 죽을지도 모른다는 것을 알게 되니 눈물이 펑펑 쏟아졌다.

모용찬은 빠득 이를 갈면서 포박된 몸을 비틀었다. 이따위 곳에서 죽기 위해 아등바등 무공을 익힌 것이 아니다.

하지만 혈도가 점해져 내공도 제대로 끌어올리지 못하는데, 단단하게 묶인 포박을 풀어내는 것은 불가능에 가까웠다.

"……죽기 전에…… 뭐라도 좀 물어봅시다."

제갈영의 입이 열렸다. 그는 목소리의 떨림을 최대한 가다듬고서 비웃음을 짓고 있는 뱀파이어를 보았다.

"모르고 죽는 것도 억울하지 않습니까? 대체…… 당신들은 이곳에서 무슨 일을 벌이는 겁니까? 왜 진즉에 우리를 죽이지 않고서, 이렇게 포박하여 묶어놓은 겁니까?"

"너희는 제물이야."

이제 와서 속이려 들 필요가 없었다. 투항하라고 권유했던 것은 어디까지나 귀찮음을 피하기 위해서였을 뿐이다.

"이 토지의 봉인을 풀기 위해 써먹을 제물이지."

"봉인…… 봉인이라. 대체 이곳에 무엇이 봉인되어 있다는 겁니까?"

"레베카."

혹마법사와 이야기를 나누고 있던 남자 뱀파이어가 부르는 말에, 레베카라 불린 뱀파이어가 머리를 돌렸다.

"준비가 되었다."

"그렇다고 하시네."

레베카는 키득거리며 제갈영을 내려 보았다.

"꼬마야. 다시 말하지만, 그냥 운이 없었던 거야."

레베카는 놀리듯 그런 말을 남기고서 뱀파이어 무리로 돌아갔다.

으아아아!

황보명운이 고함을 지르며 레베카의 등을 향해 달려들려 했지만, 레베카가 가볍게 휘두른 발길질에 걷어차여 땅을 뒹굴었다.

'봉인…… 봉인……'

곧 죽을지도 모른다. 하지만 제갈영은 그에 대한 공포보다는, 도대체 이 땅에 무엇이 봉인되었느냐는 것에 더 큰 호기심을 느끼고 있었다.

혹마법사들이 다가왔다. 그들이 손을 들어 올리자, 바닥에 새겨 놓았던 마법진이 붕 떠올랐다.

떠오른 마법진이 공중을 가로질러 모여 앉은 무림맹 포로들의 머리 위에서 멈추었다. 우격다짐 식의 방법이었지만 시도해 볼 가치는 있었다.

실패한다면 다른 방법을 쓰면 되는 것이다. 그들에게 있어서 무림맹 포로 수백 명의 목숨 따위는 그 정도 가치 밖에 가지고 있지 않았다.

있어도 좋고, 없다고 해서 크게 아쉬울 것이 없는 것이다.

"될까?"

레베카가 곁에 서 있는 뱀파이어를 보며 물었다.

라오셴.

위대한 뱀파이어 퀸의 다섯 번째 혈족. 뱀파이어 퀸이 혈족으로 삼은 뱀파이어 중에서 다섯 번째로 높은 지위와 힘을 가진 뱀파이어가 바로 그였다.

"모르지."

라오셴이 미간을 찡그리며 중얼거렸다.

흑마법사들이 확신을 가지고 있지 못하듯, 그 역시 확신을 갖지 못했다. 하지만 어떻게든 이 토지의 봉인을 풀어야만 한다.

그것이 라오셴의 주인인 뱀파이어 퀸의 염원을 위한 일일 테니까.

"실패하면 어쩔 수 없지. 수고스럽기는 하지만 제물을 더 준비하는 수밖에."

"인간의 혼이 봉인을 풀기 위한 제물이라는 확증도 없잖아?"

"그렇다면 이 봉인을 저지른 대주술사부터 찾아볼까?"

라오셴이 짜증을 담은 목소리로 대답했다. 그러자 레베카가 어깨를 으쓱거렸다.

"……퀸의 미래안이라면……."

"그만. ……퀸의 미래안은 힘을 잃었다. 더 이상 미래를 보지 못하는 그 눈으로 봉인을 저지른 대주술사를 찾는 것은 불가능해."

날이 선 목소리에 레베카는 더 이상 질문하지 않았다. 성공이든, 실패든. 어차피 더 두고 보면 알게 될 것이다.

흑마법사들이 주문을 외기 시작했다. 공중에 뜬 마법진이 빛을 발하고, 주저앉은 포로들의 몸이 부르르 떨렸다. 토지 자체에 새겨진 봉인은 물리적인 힘으로는 타격을 가하는 것이 불가능하다.

그렇기에, 흑마법사들이 내놓은 봉인을 부수기 위한 해결책은 제물의 혼을 이용해 봉인 자체에 영적인 타격을 가하는 것이었다.

처음에는 조금씩, 서두르지 않고. 가장 먼저…… 중상을 입어 죽어가는 포로들의 눈에서 빛이 사라졌다.

모두의 눈에는 보이지 않았지만, 죽어 육체를 떠난 포로의 혼은 토지에 새겨진 봉인에게로 날아가 부딪혔다.

쿵.

쿵.

쿵, 쿵.

쿵, 쿵, 쿵, 쿵…….

보이지 않는 문을 노크하는 것처럼.

그 소리는.

늦은 시간까지 잠들어 있는 중에 듣는 노크 소리처럼, 거슬리고 짜증 나는 소리였다.

그 소리를 통해 눈을 뜬 기상은 전혀 상쾌하지 않았다. 머리는 지끈거렸고 몸은 무겁다. 아무 생각 없이, 꿈도 꾸지 않고. 푹 숙면을 취했다면 늦잠을 자지 않고 개운하게 눈을 뜰 수 있었을 텐데.

저런 불쾌한 노크 소리가 아니라 아침 새의 지저귐과 창문으로 내리쬐는 아침 햇살에 눈을 떴다면 더 상쾌했을까.

그를 깨운 것이 아침 새의 지저귐과 햇살이 아니라고 해도. 거듭된 노크 소리를 멈추기 위해서는, 결국 눈을 떠야만 한다.

눈을 뜨고, 전신을 짓누르고 있는 무거운 이불을 걷어 올리고서. 늪처럼 깊고 끈적거리는 침대에서 나와, 계속해서 문을 두드리는 성급한 방문객의 앞으로 나가야만 한다.

"새끼."

쿵, 쿵. 멈추지 않는 노크 소리 속에서, 오랜만에 듣는 목소리가 섞였다.

"이제야 일어났냐?"

"아."

의식이 완전히 사라지기 전에 보았던 모습 그대로.

허주는 세상 한가운데에 걸터앉아 있었다. 의식을 잃기 전에 그가 보았던 것은, 저렇게 앉은 허주와…… 정신의 붕괴와 죽음으로 인해 무너져 내리던 세상이었다.

하지만 지금의 세상은 그 어떤 균열도 있지가 않았다.

"슬슬 일어날 것이라 생각했다."

허주가 몸을 일으켰다.

"무너졌던 정신이 조금씩 회복되어 갔으니까. 결국 네가 말한 것처럼 되었군."

"기다려 준 거냐?"

"포기하고 가려 해도 오기가 생겨서 말이야."

허주가 투덜거렸다.

"솔직히 걱정했다. 네가 정신이 회복되었을 때, 그 빌어먹을 새끼. 학살포식도 다시 살아나는 것이 아닐까 싶어서."

하지만 학살포식의 모습은 보이지 않는다. 그는 의식에 기생하고 있는 제2의 인격과 같은 것이었다. 무의식에 잠들어 있을 때라면 모를까, 완전히 각성하여 무의식 밖으로 나온 상태에서 백아에 타격을 입었다.

그로 인해 학살포식은 완전한 소멸을 맞았다.

"언제까지 앉아만 있을 거냐? 아직 잠이 덜 깼어?"

한 대 때려주랴? 허주가 물었다. 그 말에 피식 웃으며 머리를 가로젓는다.

"아니, 괜찮아."

이성민은.

"가자."

몸을 일으켰다.

모험이었다.

시간이 얼마나 흘렀는지는 모르겠지만, 정신체(精神體)인 상태에서 백아를 몸에 꿰뚫는 것.

꿰뚫는 순간에는 이것이 자신에게 어떤 의미를 갖는 일인지 알지 못했지만, 학살포식의 허탈한 외침을 통해 그게 대체 무슨 의미인지 저지른 뒤에야 알게 되었다.

정신의 자살. 그것으로 인해, 이성민은 무의식에서 의식 위로 올라왔던 학살포식을 자신의 정신과 함께 죽여 버릴 수 있었다.

그것이 가능했던 것은 여러 가지 우연과 조건이 상황에 부합한 덕분이었다. 본래대로라면 학살포식으로 각성한 순간에, 이성민의 의식은 자연히 소멸하여 그 빈자리를 학살포식이 메워야만 했다.

하지만 이성민의 의식은 소멸하지 않았다. 정신체로 정신세계에 남았고, 이성민에게 없어야 할 백아마저 이성민의 손에 쥐어졌다.

그리고 허주까지 개입하여 학살포식이 이성민에게서 백아를 빼앗지 못하게 만들었다.

그러한 우연과 조건. 아니, 정말로 우연일까.

이성민은 더 이상 우연이라는 말을 믿을 수가 없었다. 그 우연이라는 것이 여태까지 이성민을 얼마나 휘둘렀던가?

'어떻게 된 것인지 모르겠군.'

여러 가지 의문이 많았다. 자신의 정신이 한 번 죽고, 지금에 이르러 다시 부활하기까지 도대체 얼마나 시간이 흘렀을까. 내 몸은 어떻게 되었지? 사실 그것이 이성민에게 있어서는 가장 큰 의문이자 걱정이었다.

정신이 죽은 동안, 내 육체는 어떻게 된 것일까.

어르무리에서 이성민이 처음으로 요괴로 각성했을 때. 그때에 이성민의 몸뚱이는 멋대로 날뛰었다.

이성이 상실되고 본성만이 남아서. 그 상황에서 이성민은 자신의 머릿속에서 인외성과 싸움을 벌였다. 지금 와서 생각해 보면, 그 인외성이 학살포식의 일부였던 것 같았다.

놈을 제압하고 육체의 주도권을 되찾았을 때, 놈은 무의식 너머로 잠기며 '다음에 보자'라고 말을 했었다.

그때 이성민이 인외성을 제압할 수 있었던 것은, 그 시점에서는 종언이 시작되지 않았기 때문이었다.

종언은 이성민이 전생에서 죽은 시점의 뒤. 이성민이 전생의 돌을 손에 넣은 후부터다.

'내가 살아 있는 것을 보면 내 몸이 죽은 것은 아니야.'

설마 여기가 저승일 리는 없고. 그렇다면 대체 어떻게 된 것일까. 내 의식이 육체를 떠난 동안, 내 육체는 도대체 무엇을 하고 있던 것일까. 학살포식이 소멸하고 내 의식마저 소멸하였을 때. 내 육체는 대체 어떻게 되어 있던 것일까.

"너는 모르나?"

"나야 모르지. 이 어르신도 혹시나 싶어서 네가 없어진 동안 네 몸뚱이를 장악하려 해보았지만…… 도저히 되지를 않더군."

허주가 투덜거렸다.

"그래도 죽지 않은 것은 틀림없다."

"그 이후로 대체 얼마나 시간이 흐른 것이지?"

이성민은 좀처럼 흐른 시간을 가늠할 수가 없었다. 하지만 며칠 정도로 끝나지 않은 것은 틀림없었다.

데니르의 정신세계에서도 한 번 의식을 잃은 후로는 최소

몇 달이 지나고야 의식이 돌아오곤 했었으니까.

"모른다. 하지만…… 흠. 얼추 몇 년은 흐른 것 같은데?"

"몇…… 년?"

"최소로 잡아서 그 정도다."

맙소사. 이성민은 헛웃음을 흘렸다. 동시에 섬뜩해졌다. 몇 년 동안 의식을 잃은 동안 통제를 잃은 몸뚱이가 대체 무슨 짓을 벌인 것인지에 대한 불안과 걱정이 밀려왔다.

쿵, 쿵, 쿵, 쿵…….

'이건 대체 무슨 소리야?'

이성민은 듣기 거슬리는 저 둔탁한 소음에 시선을 흘기면서 의식을 확장시켰다.

화아악!

이성민의 정신체가 크게 부풀었다. 그 누구의 통제도 받지 않는 이성민의 의식이 단숨에 이성민의 주도하에 내려왔다.

감겨진 눈이 뜨인다.

지금의 이성민의 두 눈이 보는 것은 자신의 의식 속이 아니었다.

그는 앞이 보이지 않는 시커먼 어둠 속에 있었다. 앞이 잘 보이지 않았다. 어둠 속에 있어서가 아니라, 앞머리가 너무 자라서 두 눈을 가렸기 때문이었다.

몸을 움직이려 해 보았지만, 철그럭 하는 쇳소리가 그의 귓가에 울렸다. 수년 만에 돌아온 육체는 새하얀 백색의 굵직한 쇠사슬에 칭칭 감겨 있었다.

"이건 또 뭐야?"

이성민은 어이가 없어서 중얼거렸다. 사슬뿐만이 아니었다. 의미를 알 수 없는, 붉은 글자가 빼곡히 새겨진 부적들이 이성민의 몸에 덕지덕지 붙어 있었다.

억지로 몸을 움직이려 해본다.

강한 저항감이 느껴지기는 했지만 움직이는 것에 큰 무리는 없었다.

이성민은 구속된 몸을 내버려 두고서 잠깐 동안 자신의 몸을 관조했다.

수년 만에 돌아온 몸뚱이다. 그런데, 걱정했던 것만큼 상태가 심하지는 않았다.

오히려 이전과 비교해서 훨씬 낫다는 느낌이 들었다. 이유는 알 수 없지만 요력이 상당히 줄었다. 그렇다고 해서 이성민이 약해진 것은 아니었다.

'봉인이 완전히 사라졌어.'

그것에 안 좋은 의미가 있는 것은 아니었다. 오슬라가 새긴 봉인은 완전히 박살 났고, 이성민의 몸은 완전히 요괴가 되었다. 그러나 요괴가 되었을 때 깨어나야 할 학살포식이 완전히 소멸했다.

그 말인즉, 이성민은 완전히 요괴가 되었으면서도 정신은 확실하게 인간으로 남았다는 뜻이었다.

그렇게 되었기에 이전의 괴리감이 완전히 사라졌다. 요력을 남용했을 때에 폭주하였던 것은, 이성민의 몸이 완전한 요괴가 아니고 어설프게 인간의 것이 섞여 있었기 때문이다.

하지만 지금은 아니다. 완전히 요괴가 되었기 때문에 요력을 사용하는 것에 그 어떤 부담이나 위험도 존재하지 않게 되었다. 그러면서도 정신을 확실하게 유지하게 되었다.

[이건 오히려 너에게 득이 되었구나.]

이성민의 머릿속에서 허주가 중얼거렸다. 그 말대로였다. 김종현이 마지막에 남기고 간 반전의 마법은 이성민에게 득이 되었다.

사실 그대로 요괴가 되어 학살포식으로 각성했다면 득이라고 할 수 없었겠지만. 학살포식이 사라진 이상 반전의 마법은 이성민이 가지고 있던 고질적인 단점과 위험성을 완전히 사라지게 해주었다.

'하지만 환골탈태는 하지 않았군.'

그건 과한 욕심이지. 이성민은 쓰게 웃었다. 오히려 환골탈태를 하지 않았다는 것이 이성민을 안심시켰다. 그것만은 자신의 힘으로 이루고 싶었기 때문이었다.

또, 환골탈태를 하지 않았다는 것은…… 환골탈태를 통해 더 얻을 힘이 남아 있다는 뜻이기도 했다.

[꼴을 보아하니 무슨 일이 일어난 것인지는 대충 알겠다. 누군가가 요괴로 각성해 날뛰던 너를 봉인한 모양이야.]

'누구일까?'

[이건 마법이 아닌 주술이다. 아마 너와 함께 행동하던 대주술사가 한 것이 아닐까 싶은데…… 묘하군. 그녀의 힘만으로 너를 제압하고 봉인하는 것은 불가능에 가까웠을 텐데?]

아벨이 도왔던 것일까.

아니, 그럴 리가 없다. 이성민은 씁쓸한 표정을 지었다. 아벨은…… 죽었다. 학살포식이 알려주지 않았나.

아벨은 자신의 마지막 수명을 긁어모아 김종현을 시공간에서 추방시켰다.

아벨.

이성민은 작은 목소리로 그의 이름을 불렀다. 그는 최후의 최후까지 자신보다 세상을 위했고, 종언의 재앙인 김종현을 이 세상에서 완전히 지워내는 것에 성공했다.

쿵, 쿵, 쿵.

소리는 멈추지 않는다. 이성민은 천천히 호흡을 삼키며 힘을 끌어냈다.

쿠르르르릉!

이성민의 몸 안에서 벽력 소리가 울렸다. 내공과 요력이 순식간에 솟구치고 기혈을 흐르며 섞였다.

거부도 충돌도 없었다. 요력과 내공이 완전히 이성민의 의지를 따른다.

빠지지지직!

이성민의 몸에서 자색 전류가 튀어 올랐다. 그것은 이성민의 몸을 휘감고 있던 사슬을 순식간에 소멸시키고 부적마저 태워냈다.

[그건 일차적인 봉인이다. 이 봉인의 총체는 이 공간 자체로군. 너로서도 쉽게 뚫고 나갈 수는 없…… 겠지만.]

허주가 말꼬리를 흐렸다.

왜 그러는 것인지, 이성민도 알았다. 한 치 앞도 보이지 않던 어둠 속에서 자그마한 불빛이 켜진다.

자세히 보니 빛의 주변에 가느다란 균열이 있었고, 쿵 쿵 거리는 소리가 거듭될 때마다 그 균열이 더욱 번져나가며 구멍이 조금씩 커져가고 있었다.

[누군가가 너를 이곳에서 꺼내 주려 하는 모양이구나.]

그리 듣고 싶지 않았던 저 소리가 이성민의 봉인을 깨기 위한 소리였던 것이다.

이성민은 천천히 구멍을 향해 다가갔다. 그 순간에도 쿵 쿵 거리는 소리는 멈추지 않고 있었다.

"너무 느려."

이성민은 손을 들어 올렸다.

문득, 알았다. 자신의 손에 창이 없다는 것을. 그것에 이성민은 뒤늦게 당황했지만, 이가 없으면 잇몸으로 씹으라는 말도 있지 않은가. 이성민은 양손을 들어 올렸다.

쿠르르릉!

자색 전류가 이성민의 양손을 휘감았다. 요력과 내공이 뒤섞여 만들어진 그 전류가, 내지르는 쌍장에 밀려 구멍과 충돌했다.

꽈아아앙!

터지는 소리와 함께 균열이 더욱 커졌다. 이성민은 연이어 쌍장을 밀어내며 구멍을 더욱 크게 만들었다.

머지않아 구멍은 몸 하나 빠져나갈 만한 크기까지 확장되었다.

파지지직!

이성민의 몸이 자색 전류에 휘감겼다. 그는 흑뢰번천의 경공을 펼쳐 그 구멍 밖으로 뛰어나갔다.

"그, 그만해요!"

당아희는 우는 목소리로 외치고 있었다. 포로로 잡힌 무림맹의 무사 중 벌써 수십 명이 죽었다.

흑마법의 제물로 바쳐져 혼만이 빠져나갔다. 당아희는 축 늘어진 이들을 보면서 몸을 바르르 떨었다.

죽는 것에 특별한 순서가 있는 것은 아니었다. 적어도 당아희가 보기에는 그랬다. 순서 없이 마법진이 한 번 빛날 때마다 포로 중 한 명이 축 늘어져 죽어버린다.

그것이 당아희를 더욱 두렵게 만들었다. 차라리 순서라도 알면 공포가 덜할 텐데, 언제 자신의 차례가 되어 죽을지도 모른다는 것이 소름 끼칠 정도로 두렵다.

"최소, 최소한 유서라도 쓸 시간을……."

당아희의 그런 말은 끝까지 이어지지 않았다.

그녀의 곁에서, 죽음의 공포보다는 '봉인'과 '제물'이라는 것에 대해 계속해서 고민하고 있던 제갈영도. 어떻게든 포박을 풀고서 빠져나갈 틈을 노리는 황보명운도. 남몰래 점해진 혈도를 풀기 위해 애를 쓰던 모용찬도. 그리고, 주저앉아 몸을 떨고 있던 다른 포로들도.

"오."

마법을 주관하고 있던 흑마법사들이 탄성을 지른다.

별 관심이 없다는 듯이 멀지 않은 곳에 모여 앉아 술을 마시고 있던 라이칸스로프들이 머리를 돌렸다.

흑마법사들의 곁에서 마법의 진행을 보고 있던 뱀파이어들도 두 눈을 크게 떴다.

공간의 구멍 밖으로 나온 이성민은, 모두의 주목을 받으면서 천천히 아래로 떨어졌다.

그리 높지 않은 허공에서 내려와 바닥에 발이 닿기까지. 이성민은 머리를 돌려 주변을 둘러보았다.

이성민은 청년이 된 모용찬을 알아보지 못했고, 중년의 나이가 된 당아희를 그나마 알아보았다.

그녀가 나이에 맞지 않은 용모를 유지한 덕분이었다.

'당아희? 왜 그녀가 이곳에?'

당아희의 곁에 있는 이들은? 그리고…… 이성민은 술을 마시고 있는 라이칸슬로프들을 보았다.

그들이 라이칸슬로프라는 것을 알아차리지는 못했지만, 그들이 눈에 어린 흥미와 호승심은 읽었다. 그리고 흑마법사들도.

'뱀파이어는 왜?'

타악.

이성민의 발이 땅에 닿았다. 그는 우선, 자신의 몸을 내려보았다. 창은 없었지만, 마갑은 있었다. 찌그러지거나 뜯어진 곳은 자가수복기능으로 원래대로 돌아왔지만, 피나 살점 같은 것은 그대로 달라붙어 썩은 악취를 발하고 있었다.

이성민은 우선 그것을 무시했다. 앞머리가 너무 길어 앞이 잘 보이지 않는다.

손으로 대충 앞머리를 옆으로 넘겼다. 옆머리나 뒷머리도 너무 길어져 허리까지 닿는다. 그는 한숨을 쉬며 양손으로 머리카락을 쓸어내렸다.

'얼마나 시간이 지난 거야?'

그리 배는 고프지 않았다. 손톱도 구부러질 정도로 길게 자라나 그리 보기 좋지가 않았다. 이빨······도. 아니, 이빨은 요괴로 변이한 덕에 이리된 것일까. 이성민은 날카로운 이빨을 딱딱 부딪쳐 보면서 주변을 둘러보았다.

"······무슨 상황인지 좀 알려 주면 안 됩니까?"

딱히 누군가를 노리고 한 질문은 아니었다. 누구라도 좋으니 대답해 주면 좋았을 뿐이다. 하지만 누구 하나 이성민에게 대답해 주지 않았다. 이성민은 한숨을 쉬며 당아희를 보았다.

"오랜만입니다."

"누, 누, 누구?"

"못 알아보는 겁니까? 몇 번 만났었잖습니다. 나 이성민입니다. 그, 귀창."

"귀창!"

이성민의 말에 제갈영이 소리쳤다.

그제야 그는 모든 것을 이해했다. 봉인, 제물. 그래, 설마 이곳에 봉인되었던 것이 10년 전에 미쳐버렸다는 귀창 이성민일 줄이야.

"다, 당신이…… 당신이 어떻게 이곳에……?"

"그건 내가 물어보고 듣고 싶은 말입니다만. 여기는 어디입니까?"

"게르무드."

대답한 것은 라오셴이었다. 그는 몇 걸음 앞으로 걸어 이성민 쪽으로 다가왔다.

"설마 잊은 것은 아니겠지?"

"……게르무드…… 잊을 리가 없지. 그런데, 당신은 누구입니까? 아니, 그보다."

이성민의 미간이 찡그려졌다.

"그, 게르무드에서. 그러니까…… 김종현이 게르무드에서 대학살을 벌이고. 도대체 얼마나 시간이 흐른 겁니까?"

"10년."

라오셴이 대답했다.

이성민의 입이 벌어졌다.

10년.

"10년?"

어이가 없어서 목소리가 그렇게 나왔다. 길어야 5년쯤 될 것이라고 생각했는데 10년이란다.

강산이 한 번 바뀐다는 그 시간을 봉인 당해 있었다는 것이다. 10년…… 작은 목소리로 그것을 되뇌며 이성민은 헛웃음을 흘렸다.

그러니까, 10년 동안 게르무드에 봉인 당해 있었다는 것인가? 누가?

"누가 나를 봉인한 겁니까?"

"……확실하진 않습니다만. 당신을 봉인한 것은 마법이 아닌 주술사입니다. 또, 이 정도의 봉인을 해낼 수 있는 주술사는 흔하지 않지요."

'프라우 님.'

어떤 상황이 벌어진 것인지 어느 정도는 이해했다. 그때, 그러니까 10년 전의 게르무드에서는 프라우도 있었다.

아벨은 그리에스에 모든 수명을 바쳐 죽었지만, 프라우는 죽지 않았다.

김종현이 마지막 선물로 남겨 준 반전의 마법. 그것으로 인해 이성민의 육체는 의식의 통제를 벗어나 완전한 요괴가 되어 미쳐 날뛰었다.

그 육체를 막기 위해 프라우가 이성민을 봉인한 모양이다.

'죽지 않은 것이 다행이로군.'

"당신은 누구입니까?"

이성민은 라오셴을 보며 물었다. 그 뒤에, 천천히 머리를 돌려 주변을 둘러보았다.

뱀파이어가 수십이었다. 라이칸슬로프들은 더 이상 술을 마시지 않았다. 어느새인가 그들도 다가와 이성민의 근처에 서서 팔짱을 끼고 있었다.

흑마법사들이 보였고, 무림인들이 보인다. 이성민은 손가락을 들어 포박되어 앉아 있는 정파 포로들을 가리켰다.

"저들은 왜 저러고 있는 겁니까?"

10년 만에 깨어난 것이니 궁금한 것이 많을 수밖에. 일일이 대답해 주는 것이 짜증스러웠지만, 라오셴은 그것을 크게 내색하지 않았다.

이성민에게 최대한 우호적인 인상을 주고 싶었기 때문이었다.

"······제 이름은 라오셴. 뱀파이어 퀸의 혈족입니다."

뱀파이어 퀸, 혈혹의 제니엘라. 그녀의 혈족이라는 말에 이성민의 두 눈이 가늘어졌다.

"저희는 당신의 봉인을 풀기 위해 이 먼 남쪽까지 왔습니다."

"저 무인들도 프레데터입니까?"

"설마요. 인간이 어찌 프레데터의 구성원이 될 수 있겠습니까? 저희가 거두어 부리는 심부름꾼들입니다."

라오셴은 혈맹의 무인들을 힐긋 보며 답했다. 심부름꾼이라는 말에도 그들은 기분이 나쁜 기색을 조금도 내비치지 않았다.

라오셴은 이성민이 그랬던 것처럼 손가락을 들어 포박되어 앉은 정파 포로들을 가리켰다.

"이들은 정파 무림맹입니다. 저희가 이 도시에서 어떤 일을 벌이고 있다는 것은 어디서 주워듣고, 저희를 방해하려 들었지요. 그래서 잡아 두었습니다."

"저들은 왜 죽은 겁니까?"

이성민은 포박된 모습 그대로 엎어져 죽은 이들을 가리키며 물었다. 그 말에 라오셴이 피식거리며 웃었다.

"당신의 봉인을 풀기 위해서였습니다. 저희 쪽의 흑마법사는 주술적 봉인에 대해 그리 능하지 않아서, 이런 방법을 쓸 수밖에 없었지요."

자신의 봉인을 풀기 위해 사람들이 죽었다. 그리 좋은 기분은 아니었다.

그렇다고 해서 라오셴을 상대로 왜 죄 없는 사람들을 죽였냐며 따질 정도로 뻔뻔하지는 않았다. 이성민은 머리를 끄덕거리고서 질문했다.

"내 봉인을 풀라고 한 것은 뱀파이어 퀸입니까?"

"……예."

조금의 침묵 뒤에 라오셴이 대답했다. 거짓말이었다. 제니엘라는 라오셴에게 이성민의 봉인을 풀라는 명령은 내리지 않았다.

"제니엘라는 어디에 있습니까?"

"퀸은 북쪽의 저택에 계십니다."

"왜 그녀가 직접 오지 않은 겁니까."

"기다리고 싶다고 하셨습니다."

라오셴이 대답했다. 그 말에 이성민은 헛웃음을 흘렸다. 기다리고 싶다고? 제니엘라답다고 해야 할까. 아니면 다른 노림수가 있나? 현 상황에서 움직이지 못할 이유가 있는 것일까? 당연히, 이성민은 제니엘라가 부른다고 해서 순순히 북쪽으로 가 줄 생각은 없었다. 그리고 아마 제니엘라도 그것을 알고 있을 것이다.

그녀가 직접 나서지 않는 한, 이성민이 미치지 않고서야 제니엘라가 오라는 대로 북쪽으로 갈 리가 없다. 제니엘라가 바라는 것이 무엇일까. 이성민은 어깨를 으쓱거리며 물었다.

"내가 가지 않는다면?"

"……억지로라도 데리고 가야겠지요."

라오셴이 중얼거렸다.

틀렸다.

제니엘라는 라오셴에게 이성민의 봉인을 풀라고 명령하지 않았다. 그녀는 이성민에 대해서는 그 어떤 것도 명령하지 않았다.

제니엘라는 이성민의 존재를 간파하지 못했고, 이성민이 얽힌 미래를 보지 못했다. 그렇기에 제니엘라는 이성민을 방관하고자 했다.

하지만, 1년 전부터 제니엘라의 미래안은 힘을 잃었다. 그녀는 더 이상 미래를 보지 못하고 있었다.

그로부터 제니엘라는 자신의 저택을 나서지 않고 있었다. 혈족과의 심적 연결도 거의 끊어져서, 제니엘라의 혈족들은 방치되고 있었다.

라오셴은 대답 없는 퀸을 위해 독자적으로 움직였다. 라이칸슬로프들 일부를 끌어들였고 뱀파이어들, 흑마법사들. 제니엘라가 저택에 틀어박히기 전까지 거두어 놓았던 혈맹까지 사용해서 이 먼 남쪽까지 왔다.

"할 수 있다고 생각합니까?"

이성민은 라오셴을 물끄러미 보면서 물었다.

돌아가는 상황이 심상치 않다. 당아희는 꼴깍 침을 삼켰다.

그녀는 지금 상황이 자신들에게 있어서 좋은지 나쁜지 판가름할 수가 없었다. 모용찬은 핏발 선 눈으로 이성민의 등을 보고 있었다.

"……살려주시오!"

조금의 침묵 끝에 모용찬이 고함을 질렀다.

"나 모용찬입니다! 당신이 죽인 모용서진의 동생!"

그 말에 이성민의 어깨가 움찔 떨렸다. 그는 천천히 머리를 돌려 모용찬을 보았다. 모용찬은 금색으로 빛나는 이성민의 두 눈을 보고서 꿀꺽 침을 삼켰다.

모용찬. 10년이라는 시간이 흐른 덕인지 너무 변했다. 체격도, 얼굴도. 모용찬을 보며 이성민은 조금 씁쓸한 기분을 느꼈다.

이성민은 모용서진을 죽이지 않았다. 북쪽에서 모용대운이 죽었던 것은 그가 복수에 미쳐 선을 넘었던 탓이다.

"많이 컸군."

이성민은 그렇게 중얼거리면서 라오셴을 돌아보았다.

"저들에게 더 필요가치는 없을 듯한데."

"당신이 저희와 함께 가주신다면, 저들을 해하지 않겠습니다."

"뭔가 착각하고 있는 것 아닙니까?"

라오셴을 바라보는 이성민의 입꼬리가 살짝 올라갔다.

"당신은 나를 강제할 수가 없습니다. 뱀파이어 퀸이 직접 왔다면 또 모를 일이지만."

"······당신이야말로 저희를 너무 우습게 보는 것 아닙니까?"

라오셴의 눈썹이 찡그려졌다.

그는 이성민을 우습게 보지 않았다. 상대는 그 데스나이트 군주인 볼란데르를 쓰러뜨린 인물이다.

그만큼의 준비를 갖추었다. 라오셴은 제니엘라의 다섯 번째 혈족으로서, 그녀에게 특히나 많은 힘을 받은 강력한 뱀파이어다.

또한 그가 데리고 온 뱀파이어들은 제니엘라의 상위 혈족으로 라오셴만큼은 아니어도 충분한 힘을 갖춘 괴물들이었다.

그뿐인가? 라이칸슬로프들의 지원까지 받았다. 기왕이면 주원까지 끌어들이고 싶었지만, 주원과는 만나지도 못했다. 1년 전에 제니엘라가 저택에 틀어박히고서 몇 달이 지나 주원마저 모습을 감추었기 때문이다.

이성민은 피식 웃었다. 라오셴이 한 말처럼. 이곳에 모인 인외들은 충분한 힘을 갖춘 괴물들이다.

프레데터의 심부름꾼이라는 무인들은 볼 것도 없었고, 흑마법사들도 그리 위협적이지는 않다. 하지만 뱀파이어와 라이칸슬로프들은 다르다.

"저는 당신과 싸우고 싶지 않습니다. 함께 가주신다면……"

서로가 바라는 것이 다르다. 누구 하나 양보할 생각이 없으니 대화는 아귀가 맞지 않는다. 그렇게 충돌이 만들어진다.

누가 먼저 움직이느냐. 이제 중요한 것은 그것이다.

이성민은 아무것도 쥐고 있지 않은 자신의 손을 힐긋 보았다. 그것이 조금 아쉬웠다. 몸이 가뿐해졌으니 창을 휘두르고 싶었는데.

'어쩔 수 없지.'

이성민의 발끝이 들렸다.

-빠아아아아앙!

이성민의 모습이 사라졌을 때, 그가 서 있던 곳의 공기가 찢어지며 폭음이 터져 나갔다.

이동만으로 발생된 충격파가 대지를 할퀴었다. 그 근처에 주저앉았던 무인들이 비명을 지르며 땅을 뒹굴었다.

비명이 이어진다. 널브러지는 혈맹 무인들의 중앙에서 이성민은 숙였던 몸을 일으켰다. 초고속의 이동은 그 자체만으로도 광범위한 공격이 되었다.

이성민은 널브러져서 신음을 흘리는 혈맹 무인들을 힐긋 본 뒤에 다시 자세를 낮추었다.

"헉!"

이성민과 눈이 마주친 흑마법사가 급히 스태프를 끌어당겼다. 영창을 외기도 전에 이성민은 그들을 지나쳤다. 흑마법사들의 몸이 하늘 높이 날아올랐다.

그 시점에서 그들은 이미 의식을 잃었다. 굳이 때릴 필요도 없었다.

'빨라……!'

라오셴이 급히 땅을 박찼다. 데리고 온 스물의 뱀파이어가 라오셴의 뒤를 따랐다.

라이칸슬로프들이 짐승처럼 울부짖으며 수화(獸化)를 끝냈다.

꽈앙!

땅을 박차며 라이칸슬로프들이 도약한다. 습관처럼 창을 휘두르려 했지만 손에 창이 없다.

어쩔 수 없지. 이성민은 투덜거리면서 양손을 들었다.

창을 쓰는 것이 익숙하고 좋기는 했지만, 그렇다고 해서 이성민이 맨손 격투에 아예 재주가 없는 것은 아니었다. 이성민은 사마련주의 힘을 계승했다. 사마련주의 무리가 이성민의 머릿속에 있었고, 사마련주는 무기를 쓰지 않는다.

공중으로 도약한 이성민을 향해 큼직한 손톱이 덮쳐온다. 그 모든 동작이 이성민의 두 눈에는 느리게 보였다.

그에 반해 이성민의 손은 빠르다.

휙 하고 뻗은 손이 손톱 아래로 파고든다. 손목을 잡아 비틀어 꺾어주고, 허리를 튕겨 하반신을 위로 젖히며 다리를 휘두른다.

빠각.

보지 않아도 알 수 있었다. 휘두른 발이 라이칸슬로프의 머리를 갈겼다. 꺾어 놓은 손목을 보다 강하게 비틀어 쥐어짰다. 팔뚝 근육 전체가 꽈배기처럼 비튼다.

옆에서 들어오는 공격을 느낀다. 자색 전류가 튀었을 때, 이성민은 이미 그곳에 없었다.

그가 나타난 곳은 라이칸슬로프들의 중심이었다. 공중에 떠 있던 그들은 당황을 숨기고 고함을 질렀다.

-키이이잉!

이성민의 몸을 휘감은 내공과 요력이 부푼다. 이성민이 양손을 들어 올리자 그것이 일제히 터져 나갔다.

꽈지지지직!

전방으로 쏘아진 전류가 라이칸슬로프들의 몸을 꿰뚫었다.

"크륵!"

라이칸슬로프들이 피를 삼켰다. 육체의 강인함만을 따지고 본다면 그들이야말로 인외의 최강이다.

그들은 피를 뿜는 상처를 순식간에 재생시켜가며 이성민을 향해 밀려 들어왔다. 그 틈 사이로 새빨간 눈동자들이 번뜩거린다. 뱀파이어들은 라이칸슬로프들을 방패막이로 삼고서 이성민의 사각을 노리고 있었다.

라오셴과 이성민의 눈이 마주쳤다.

다르다.

라오셴은 그 순간에, 그것을 확실히 느꼈다. 10년 동안 봉인되어 있었다. 당연히 라오셴은 이성민이 10년 동안 봉인된 여파로 인해 그때보다 약해져 있을 것이라 여기고 있었다.

틀렸다. 10년의 봉인은 이성민을 약하게 만들지 않았다. 오히려 그의 몸은 요괴가 되고, 학살포식이 사라지면서 완전히 안정되었다.

푸확!

뱀파이어들이 방패막이로 삼고 있던 라이칸슬로프들의 몸이 흑뢰번천의 뇌전에 의해 찢겼다.

이성민이 다가온다. 라오셴은 이를 악물고서 손을 뻗었다. 새빨간 빛에 휘감긴 손이 이성민의 일장과 닿았다.

꽈아앙!

폭발에 휘말린 라오셴의 몸이 건물의 잔해를 뚫고 처박혔다.

"라오셴!"

레베카가 비명을 질렀다. 제니엘라의 다섯 번째 혈족인 라오셴이 저렇게 허무하게 나가떨어졌다.

아무리 달이 뜬 밤이 아니라지만, 라오셴이 가진 힘은 저토록 쉽게 제압될 만한 것이 아니다. 땅에 떨어진 라이칸슬로프들이 비틀거리며 몸을 일으킨다.

그들도 치명상을 입었지만 죽지는 않았다. 레베카와 다른 뱀파이어들이 살의를 드러내며 이성민을 덮쳤다.

[멍청하군.]

허주가 투덜거렸다. 이성민도 그 말에 공감했다. 이성민의 요안이 번뜩였다.

그리 오랜 시간이 걸리지 않았다.

사방이 피로 물들었다. 뱀파이어가 흘린 피, 라이칸슬로프가 흘린 피. 진즉에 기절한 흑마법사와 혈맹 무인들은 오히려 처지가 나았다. 이성민은 몸에 묻은 피를 털어내며 포로들을 향해 다가왔다. 뱀파이어들과 라이칸슬로프들은 죽지는 않았으나, 아까처럼 빠르게 상처를 재생하지는 못했다. 그것으로 충분했다.

라오셴이 제니엘라의 다섯 번째 혈족이라는 것이, 이성민으로 하여금 저들을 죽이는 것을 그만두게 하였다. 그는 괜히 제니엘라를 들쑤시고 싶은 마음이 없었다.

"히…… 히힉……."

당아희는 다가오는 이성민을 보며 덜덜 몸을 떨었다. 그 오래지 않은 시간 동안 이성민이 보여준 무위는 이곳에 있는 모두를 질리게 만들었다. 사람이 저렇게 움직이는 것이 가능하단 말인가? 저것이 정말로 무공이란 말인가.

"괜찮습니까?"

주저앉은 당아희에게서 오줌 냄새가 났다.

이성민은 그것을 모르는 척하면서, 포로들의 포박을 풀어주었다.

어떤 의미에서, 또, 어떤 관점에서. 이성민은 영웅이었다.

10년 전의 이야기 속에서 이성민이 광기에 사로잡히지 않았더라면.

데스나이트 군주를 쓰러뜨리고, 마왕 김종현을 쓰러뜨리는 것으로 이야기가 끝났더라면.

틀림없이 이성민은 영웅이 되었을 것이다. 그 이전에 이성민이 귀창이라는 별호로 어떠한 악행을 저질렀다고 해도, 그가 죽인 볼란데르와 김종현의 악행과는 비교가 되지 않았으니까.

하지만 이성민은 영웅이 되지 못했다. 데스나이트의 군주와 마왕까지 쓰러뜨렸지만, 끝에는 광기에 삼켜져 괴물이 되었다.

그러한 10년 전 이야기는 이성민을 주인공으로 삼는다면 비극으로 마무리 지어졌다.

"갑시다."

그런 이성민이. 데스나이트 군주를 쓰러뜨리고, 마왕을 쓰러뜨린 귀창이 눈앞에 있다. 이성민에 의해 포박이 풀린 무림맹 무사들은 어찌할지 모르는 표정들이었다.

과거 이성민은 무림맹의 적이었다.

물론, 이곳에 있는 무사 중에서 10년 전의 일을 가지고서 이성민에게 덤비는 이들은 없었다.

그 정도의 구분 정도는 할 수 있었다. 애초에 싸움도 되지 않을 것이고, 이성민은 저들에 있어서 생명의 은인이었다.

사실 그것은 반대 경우여도 마찬가지다. 이성민에게 있어서 저들은 목숨을 제물로 바쳐가며 봉인을 부수어준 은인이었다.

"저…… 그게……."

당아희가 뭐라고 더듬거리며 말을 하려 하였지만, 그녀는 도대체 이 상황에서 무슨 말을 해야 할지 스스로도 알 수가 없었다.

그녀는 앞서 걷는 이성민의 등을 힐긋거리며 보았다. 그들은 게르무드 바깥으로 향하고 있었다.

"구해주셔서 감사합니다."

모용찬이 입을 열었다. 그는 이성민의 등을 노려보고 있었지만, 아비처럼 복수를 외치며 달려들지는 않았다. 그는 자신의 복수심에 대해 확신을 갖지 못하고 있었다.

"……대협은 10년 동안 아무 일도 기억하지 못하시는 겁니까?"

감사를 표하는 말에도 이성민이 대답하지 않자, 제갈영이 슬며시 질문했다. 제갈영은 형님의 원수일지도 모르는 이성민을 대협이라 칭했다.

그런 일을 제쳐두고서라도, 볼란데르와 김종현을 쓰러뜨렸다는 이성민의 업적은 존중한다는 의미였다.

제갈영의 질문에 이성민은 머리를 살짝 끄덕거렸다.

"봉인되어 있는 동안의 기억은 없습니다."

10년 동안 대체 무슨 일이 있었던 것일까. 당연히 이성민은 그것이 의문이었다. 뒤따르는 이들을 게르무드 바깥으로 데려다준 뒤에, 네블을 불러 무슨 일이 일어난 것인지 알아봐 볼 생각이었다.

[굳이 데려다줄 필요가 있느냐? 그냥 버리고 가면 될 것을.]

'저들이 제물이 되어 내 봉인이 풀렸잖아. 그에 대한 보답이다.'

[보답은 무슨.]

허주가 투덜거렸다.

"궁금한 것이 있다면 저희에게 물어 주십시오. 가능한 것이라면 저희가 대답해 드리겠습니다."

"당신의 이름이 뭡니까?"

우선 이성민은 그것을 질문했다. 설마 이 타이밍에 이름을 물을 것이라고는 생각하지 못했기 때문에, 제갈영의 말문이 순간 막혔다. 하지만 잠시 뒤에 그는 머뭇거리며 자신의 이름을 말했다.

"……제갈…… 영이라고 합니다."

그 대답에 이성민이 놀라서 뒤를 돌아보았다. 제갈영. 제갈이라면…….

"죽은…… 제갈태령이 제 형님 되는 분이었습니다."

"아."

이 경우에는 무슨 말을 해야 하는 것일까. 이성민이 살짝 머뭇거리자, 제갈영이 급히 손을 들어 올렸다.

"괜찮습니다."

"……10년 전에. 이 도시에서…… 그러니까, 내가 미쳐버리고 나서. 어떤 일이 있었던 겁니까?"

이성민은 목소리를 가다듬으며 그것을 질문했다. 다행히 제갈영은 이 질문에 대답할 수가 있었다.

"당신이 광기에 삼켜진 후. 김종현 토벌대의 생존자들을 공격했습니다. 그 과정에서 조금의 피해가…… 발생했지요."

'역시.'

이성민은 한숨을 내쉬었다. 물론, 이성민은 그때의 기억이 조금도 없었다.

"토벌대는 너무 많이 지쳐 있었습니다. 그런 그들은 미쳐 날뛰는 당신을 막을 수가 없었고, 후퇴했지요. 후퇴하는 그들이 본 것은…… 좀비들을 죽이고, 잡아먹는 당신의 모습이었답니다."

[우웩.]

허주가 이성민의 머릿속에서 토악질하는 소리를 냈다.

이성민의 입꼬리가 파르르 떨렸다. 썩은 좀비의 고기를 먹었다는 이야기를 듣자, 입안에서 역겨운 맛이 느껴졌다.

"태세를 정비하고 토벌대는 다시 당신을 막으러 갔습니다. 하지만 그 시점에서 당신은 이미 도시에 없었답니다. 봉인되었던 것이지요. 뱀파이어가 한 이야기를 보면, 당시 토벌대에 참가했다는 대주술사가 당신을 봉인했다는 것 같지만…… 사실 의문은 하나 더 있습니다. 당시 토벌대가 확인한 흔적에 따르면, 당신은 누군가와 격렬한 싸움을 벌인 것으로 추측되었거든요."

"……싸움?"

"예. 누구인지는 모릅니다만. 지형이 붕괴되고 도시의 구조가 바뀔 정도의, 그런 격렬한 전투의 흔적이 남아 있었다고 합니다."

누구지?

프라우는 아니다. 그녀는 육탄전에 그리 능하지 않다. 그래, 확실히 의문이다. 프라우가 귀혼술이라는 분야에 정점에 선 위대한 대주술사라고 해도. 그녀가 완전히 요괴로 각성하여 미쳐 날뛰는 이성민을 제압하고 봉인하는 것이 가능했을까?

'누군가가 나를 막은 거야.'

자연스레 이성민의 생각은 그렇게 이어졌다. 성기사들이 후퇴한 동안 누군가가 날뛰는 이성민을 막았다.

그리고 프라우는 그 누군가와 힘을 합쳐 이성민을 봉인한 것이다.

대체 누가? 그럴 만한 힘을 가진 존재가 누가 있지? 프레데터의 제니엘라와 주원은 아닐 것이다. 북쪽에서 모습을 감춘 창왕과 흑룡협? 시간상 불가능…… 아니, 흑룡협이 드래곤의 모습이 되어 비행했다면 북쪽에서 남쪽까지 일주일이 좀 지나 도착하는 것도 가능은 하겠지.

'무신은 아닐 테고.'

설마 위지호연인가? 아니면…… 백소고 사저? 모르겠다. 추측은 있어도 그 어느 쪽에도 확신이 없었다.

"다행히 교회의 성인은 무사하였습니다. 당신을 찾지 못한 그들은 게르무드에서 벌어진 일을 공표했지요. 당신은…… 10년 동안 죽은 것으로 알려져 있었습니다."

"……그렇군."

하지만 죽지 않았다.

'알아봐야 할 것이 많아.'

위지호연을 찾아봐야 한다. 학살포식에게서 여러 가지를 들었다. 위지호연이 가진 부조리할 정도의 재능, 그것의 이유.

마령은 위지호연을 종언을 막기 위한 절대자로서 제련하고 있다. 10년이라는 시간이 흘렀으니…… 위지호연은 그만한 힘을 갖게 되었을까.

'10년 동안 세상은 멸망하지 않았다.'

아직 종언이 끝나지 않았다.

'정령의 여왕이 깨어날 것이라고 했었어.'

학살포식은 사라지면서 그렇게 고했다. 정령의 여왕이 잠에서 깨어난다고. 그녀가 종언의 재앙이 된다는 말인가? 대체 왜? 이성민은 아벨이 카인을 죽인 것에 대해 알지 못했기 때문에, 정령의 여왕이 종언이 된다는 것을 이해할 수가 없었다.

'뱀파이어 퀸이 움직일 것이라고 했고. 그렇다는 것은 결국 그녀도 종언이라는 것이겠지.'

지금 내 힘으로 막을 수 있을까.

확신은 없었다. 이성민이 보았던 제니엘라는 그 힘에 끝이 없어 보이는 강력한 괴물이었다. 아무리 이성민이 완전한 요괴로서의 힘을 얻었다고 해도, 제니엘라를 상대로 승기를 잡을 자신은 없었다.

"그럼."

베헨게르의 성문 앞에서, 이성민은 걸음을 멈추었다. 여기까지 데려다준 것이면 봉인을 풀어 준 것에 대한 은혜는 갚았다고 생각한다.

제갈영이 뭐라고 더 말을 하려 하였지만, 이성민은 그 말을 듣지 않았다. 10년 만에 정신을 차리게 되었으니 당장 해야 할 일이 많았다.

우선 그는 요정의 숲으로 돌아가 오슬라를 만나 볼 생각이었고, 그곳에 두고 온 스칼렛의 행방에 대해 알아볼 생각이었다. 그 뒤에는 어르무리로 가서 야나를 만나 프라우의 행방에 대해 묻는다.

어마어마한 거리의 긴 여정이지만, 이성민에게 거리는 의미가 없다.

"……응?"

요정마를 소환했다.

소환하려 했다.

그런데, 요정마는 나타나지 않았다.

이성민은 두 눈을 끔벅거리며 주변을 둘러보았다. 다시 한번, 요정마를 불러 보았지만 요정마는 나타나지 않았다. 그러자 이성민은 당황할 수밖에 없었다. 봉인 당하기 전에 잘 사용했던 요정마가 왜 나타나지 않는단 말인가?

'뭐야?'

[네가 차원의 틈에 봉인된 동안 요정마와의 연결이 끊어진 모양이군.]

정말 이유가 그것인지는 알 수 없었지만, 지금으로선 요정마를 사용할 수가 없었다. 그러자 이성민은 난감함을 느낄 수밖에 없었다.

요정마를 사용하지 못하게 된다면, 그 어마어마한 거리를 제 발로 오갈 수밖에 없다.

'어르무리에 먼저 가야겠군.'

몇 번이고 요정마를 불러 보다가, 이성민은 포기했다. 그는 자신을 멀뚱거리며 보는 무림맹 무사들에게 슬며시 손을 들어 보였다.

"……그럼 이만."

그는 그 말을 남기고서 경공을 펼쳐 단숨에 성벽을 뛰어넘었다. 요정마를 사용하지 못한다고 해도 이성민의 경공은 그 누구보다 빠르다.

내공과 요력의 양도 그 끝을 알 수 없을 정도로 많으니, 마음만 먹는다면 몇 날 며칠 쉬지 않고 달리는 것도 가능하다.

게르무드에서 어르무리까지는 일주일 정도면 도착한다. 이성민의 속도라면 사흘도 채 걸리지 않을 것이다.

하지만 그 전에.

무림맹 무사들과의 거리를 벌린 뒤에, 이성민은 네블을 불렀다.

"맙소사."

이성민의 부름에 그림자 안에서 네블이 튀어나왔다. 그는 두 눈을 크게 뜨고 이성민을 보다가, 급히 표정을 가다듬고서 꾸벅 머리를 숙였다.

"이건…… 정말, 오랜만이시군요. 살아계셨던 겁니까?"

"당신도 나에 대한 소문을 들은 겁니까?"

"들을 수밖에 없는 소문이었으니까요. 벌써 10년 전의 이야기지만."

이성민은 어색한 미소를 짓는 네블을 향해 피식 웃으면서 말했다.

"제가 없던 10년 동안 어떤 일이 벌어졌는지에 대해 알고 싶습니다. 그리고……."

위지호연, 백소고, 스칼렛, 흑룡협, 창왕. 이성민은 이들에 대한 정보를 요구했다. 천외천과 무신에 대한 것도 부탁했다.

"아…… 그리고."

이성민은 등 뒤가 허전하다는 것을 느끼며 머리를 긁적거렸다.

"셀게루스 님과도 연결해 주시겠습니까? 우선 정보부터 들고서."

"예, 알겠습니다."

부탁한 정보가 워낙에 많은 탓에, 네블에게서 다시 연락이
온 것은 해가 저물 즈음이었다.

이성민은 달리는 것을 멈추고서 노숙을 준비했다. 모닥불
을 피워두고서 아공간 포켓을 열어 본다. 10년 전에 보관해 두
었던 식량은 다행히 그대로 남아 있었다.

"그럼."

네블이 이성민을 향해 투명한 수정구슬을 내밀었다. 이성민
은 그것을 받고서 정신을 집중했다.

파아앗.

구체가 빛을 발하고, 그 안에 담긴 막대한 정보가 이성민의
머릿속으로 들어왔다.

위지호연과 백소고는 10년 동안 드문드문 세상에 모습을 드
러냈다.

그녀는 10년 동안 이 세상을 떠돌고 있는 모양이었다. 의외
인 것은 스칼렛이었다.

'적색 현자?'

레그로 숲의 대현자. 그것이 지금의 스칼렛을 부르는 말이
었다. 레그로 숲은 오슬라가 있는 요정의 숲이다. 아무래도 스
칼렛은 10년 전, 이성민이 요정마에서 태우지 않고 두고 갔을

때부터 쭉 그 숲에서 지내고 있는 모양이었다.

흑룡협과 창왕은…… 소문이 확인되지 않는다. 설마 무신과의 싸움에서 죽은 것일까.

이성민은 아랫입술을 잘근 씹었다. 천외천은 여전히 정체를 내보이지 않았고, 무신에 대한 소문도 없다.

하지만.

10년 전부터, 북쪽에서 침묵하고 있던 뱀파이어들과 라이칸슬로프들이 적극적으로 움직이기 시작했다.

긴 세월 동안 침묵하고 있던 프레데터가 움직이기 시작한 것이다.

현 무림맹주를 맡고 있는 것은 개방의 방주인 무걸개. 과거 사마련주에 의해 타구봉진이 박살 나는 치욕을 겪은 그가, 모습을 감춘 흑룡협의 뒤를 이어 무림맹주를 맡고 있었다.

'프레데터가 움직였어. ……학살포식의 말대로군.'

제니엘라는 지금 무엇을 바라고 있을까. 그녀가 어떤 미래를 보았을까.

이성민은 모닥불 앞에 앉아 생각에 잠겼다. 현재 에리아의 무림은 무림맹과 혈맹 사이에서 크고 작은 싸움이 끊이질 않고 있었다.

사마련과는 다르게 혈맹은 난폭했고 패도적이다. 그리고 프레데터가 움직이고 있다. 10년 만에 깨어난 세상은 난세(亂世)

에 가까웠다.

무신은 종언을 막는 것을 목표로 하고 있지만, 천외천을 움직이는 신령은 종언의 앞잡이다. 10년 동안 무신은 대체 무엇을 해왔을까. 위지호연은? 백소고는?

"셀게루스 님을 연결해 드려도 되겠습니까?"

네블이 조심스레 질문했다.

"아, 예."

이성민은 생각을 멈추고 머리를 끄덕거렸다.

우선 새로운 창이 필요했다.

4장
어르무리 II

"죽은 것 아니었어?"

10년 만에 본 셀게루스는 예상했던 것과 같은 반응을 보였
다. 이성민은 두 눈을 휘둥그레 뜨면서 그렇게 묻는 셀게루스
를 향해 어색한 미소를 지어 주었다.

"안 죽었습니다."

셀게루스가 궁금해하는 눈치라, 이성민은 자신에게 있었던
일에 대해 간략히 알려 주었다.

네블도 말은 안 했지만 옆에서 이성민의 말을 귀 기울여 들
었다. 봉인 당해 있었다는 말을 듣고서 셀게루스가 혀를 차며
머리를 가로저었다.

"참…… 나도 이 일 하면서 다양한 사람을 만나고 다양한 사
정을 겪어 보았는데. 너만큼 다사다난한 녀석은 처음 본다."

"저도 그렇게 생각합니다."

"그리고 처음보다 뻔뻔해졌어."

그 말에는 이성민도 어느 정도 공감했다.

"셀게루스 님은 잘 지내십니까?"

"나야 잘 지내지. 네 덕분에 족장님의 도제가 되었으니까. 그래서…… 생존 보고를 하려고 나한테 연락한 거야?"

"그게……."

"너, 설마."

이성민이 말끝을 흐리자, 셀게루스의 표정이 바뀌었다. 그녀는 이성민의 손에 창이 없다는 것을 확인하고서 어깨를 바르르 떨었다.

"일어나 보니 없더군요."

"맙소사……."

셀게루스는 양손으로 얼굴을 감쌌다. 드래곤의 뼈, 이빨, 비늘을 아낌없이 통째로 사용해 만든 창이다.

드워프 최고의 대장장이인 족장이 직접 두들겨 만든 창. 부르는 것이 값일, 이 세상에 단 하나뿐인 그 창을 잃어버렸다니.

"……대체…… 뭘 하다가 잃어버린 거야?"

"그걸 잘 모르겠습니다."

"어휴!"

마음 같아서는 욕이라도 실컷 쏘아주고 싶었지만, 셀게루스는 깊은 한숨을 내쉬면서 목구멍까지 올라온 욕설을 삼켜냈다.

따지고 보면 재료를 준비한 것도 이성민이었기 때문에, 셀게루스가 마음대로 욕을 할 수도 없는 입장이었다. 주인이 잃어버렸다는데 대체 무슨 말을 한단 말인가?

"혹시 소재가 남은 것이 더 있습니까?"

그때, 드워프 마을을 떠나면서. 이성민은 자신이 가지고 있던 드래곤의 소재 남은 것을 모조리 셀게루스와 족장인 맥켄도르에게 맡기고 나왔다. 더 가지고 있어 봤자 쓸 곳도 없다고 생각했고, 그 시점에서는 창이나 갑옷이 더 필요하게 될 것이라고 여기지 않았기 때문이다.

"있기야 하지."

셀게루스가 투덜거렸다.

"10년 전이랑 비교해서 몸이 달라지지는 않았지? 키가 더 컸다거나, 팔이 길어졌다거나……."

"없습니다."

"따로 요구하고 싶은 것은 있어?"

"없습니다."

"참 편해. 그냥 창이면 된다는 것 아냐. 10년 전보다 잘 만들려고 노력은 해볼게."

셀게루스는 그렇게 투덜거리면서 몸을 돌렸다. 아직 중개는 끝나지 않았다. 그녀는 뒤쪽에서 무언가를 뒤적거리다가 한

자루의 창을 들고 돌아왔다.

"다 만들어질 때까지 임시로 써. 대충 만든 것은 아니니까 쓸만할 거야."

네블이 셀게루스에게서 창을 받고 이성민에게 건네주었다. 이성민은 잡은 창을 가볍게 휘둘러 보고서 머리를 끄덕거렸다.

"감사합니다."

그것으로 셀게루스와의 중개는 끝이 났다. 본래라면 이 뒤에 네블에게 중개료를 지불하고, 네블이 사라져야만 한다. 하지만 네블은 사라지지 않았다.

"엇."

네블이 당황한 표정을 지었다. 그는 잠시 휘청거리며 자신의 관자놀이를 짚었다. 잠시 뒤에, 그는 난감한 표정을 지으며 이성민을 보았다.

"……잠시 실례."

"예?"

이성민이 되물은 순간이었다. 네블의 몸이 크게 꿈틀거렸다. 공간이 꿈틀거리고, 모닥불의 불빛이 채 밝히지 못한 밤의 어둠이 네블의 몸을 집어삼켰다. 잠시 뒤에 그곳에 서 있는 것은 네블이 아니었다. 검은 망토를 뒤집어쓴 그 인물은 이성민이 처음 보는 존재였다.

인간? 아니다. 이성민은 앞에 선 남자에게 뭐라 설명할 수 없는 짙은 위화감을 느꼈다. 인간이고를 떠나, 저것이 정말로 살아 있는 것인지도 모르겠다. 그렇다고 해서 언데드를 마주했을 때의 느낌도 아니다.

"처음 뵙겠습니다."

그는 머리 위에 쓰고 있는 중절모를 벗어 내리고선, 정중하게 머리를 숙였다.

"라플라스라고 합니다. 에레브리사를 관리하고 있지요."

"……무슨 볼일입니까?"

이성민은 살짝 경계심을 갖고서 물었다. 자신을 라플라스라고 소개한 저 남자에게서 적의 같은 것은 느껴지지 않았지만, 그렇다고 해서 마음 놓고 대할 상대가 아니라는 것은 느끼고 있었다.

"이성민 님."

라플라스가 이성민의 이름을 불렀다.

"당신은 고행과 시련의 여신, 므쉬의 추천을 받아 에레브리사의 회원이 되셨지요."

이성민은 대답하지 않았다. 오래 전의 일이었다.

"솔직히 말해서, 도중에 몇 번이나 이성민 님의 회원권을 빼앗아야 하는 것이 아닐까 생각했습니다."

"……어째서?"

"당신의 운명이 학살포식이라 생각했으니까요."

라플라스가 어깨를 으쓱거리며 말했다. 이성민의 눈썹이 찡그려졌다.

생각해 보면, 므쉬나 데니르, 오슬라 등은 이성민이 학살포식이라는 것을 미리 알고 있었던 모양이다.

그럼에도 그들이 우호적인 입장을 보였던 것은 왜일까.

학살포식의 말이 사실이라면, 므쉬와 데니르 등을 비롯한 초월적인 존재들은 이 세상이 종언의 운명을 맞이하는 것을 받아들여야만 한다.

하지만 마령이 그를 거부했고, 므쉬와 데니르도 연이어 배신했다.

"하지만, 지켜봐야 한다고 생각했습니다. 지금에 와서는 그것이 옳았지요. 당신은 학살포식으로 각성하였으나, 결국에 그 운명에서 탈출하였으니."

이 세상에 있어서, 마령이 만들어낸 가장 큰 변수는 이성민과 위지호연이었다.

마령이 보잘것없는 존재였던 이성민을 전생시킨 덕에, 이성민에게 많은 운명력이 집중되었다.

그것은 이성민을 반드시 학살포식으로 각성시키면서도, 그 안에서 다양한 변수를 만들어냈다.

검은 심장을 갖는 것. 어르무리의 요력을 흡수하는 것. 사마련주를 포식하는 것.

오슬라가 말했었다. 나는 너에게 우호적이라고. 그 말이 어떤 의미인지, 이성민은 아직까지 모르고 있었다.

그녀가 우호적이라는 것은 학살포식인 이성민에게 우호적이라는 것일까. 아니, 아니다. 므쉬도, 오슬라도. 이성민에게 '선택'에 대해 말했었다.

'오슬라는 중립이야.'

그리고, 이성민이 어떤 선택을 내리느냐에 따라 오슬라의 행동도 바뀌었을 것이다.

이성민은 종언이 되고자 하지 않았다. 그렇기에 오슬라는 이성민이 요괴로, 학살포식으로 각성하는 것을 최대한 늦추도록 봉인을 걸어 주었다.

"에레브리사는 대체 뭡니까?"

이성민은 라플라스를 똑바로 바라보며 질문했다. 라플라스는, 이성민을 지켜본 것이 결국에는 옳았다고 했다.

만약 이성민이 완전한 학살포식으로 각성하였더라면 지켜보는 것이 옳지 않았다는 것이 되겠지.

결국에, 에레브리사라는 정체불명의 중개 길드는 종언을 원하지 않는다는 것이다.

"수백 년 전, 이 세상에서 드래곤이 완전히 사라졌습니다."

예전에도 네블에게 에레브리사가 무엇인가에 대해 질문한 적이 있다.

그때 네블은 대답해 줄 수 없다면서 말을 피했었다.

"드래곤은 현명하고 위대했습니다. 그들은 이 세상이 결코 피할 수 없는 종언의 운명 안에 들어 있다는 것을 알았고, 자신들이 그 어떤 수단을 쓴다고 한들 종언의 운명을 바꿀 수 없다는 것을 알았지요."

[현명하고 위대하기는, 지랄 똥을 싸는군.]

허주가 투덜거렸다. 이성민은 그런 허주의 반응을 잠시 동안 무시했다.

"결국 드래곤들은 다 같이 이 세상을 떠나는 것을 선택했습니다."

그 이야기는 알고 있었다. 예전에, 흑룡협에게서 그 이야기에 대해 들었었다.

"드래곤들은 이 세상을 떠났지만, 자신들이 나고 자란 이 세상…… 에리아를 도저히 버리지 못했습니다. 그들은 너무 많은 것을 알았지요. 이 세상이 어떠한 목적으로 인해 유지되는 사육장이며, 그 목적이 달성된다면 언제고 무너져 버린다는 것. 지금 우리가 인식하고 있는 이 세상이, 사실은 몇 번이나 반복되어 온 세상이라는 것을."

"……그래서?"

"드래곤들은 이 세상의 운명을 바꾸고자 했습니다. 그렇기에, 이 차원을 떠나기 전에 이 세상에 거대한 마법 시스템을 남겨 놓았지요. 그것이 바로 에레브리사입니다."

에레브리사의 회원이 되기 위한 자격은, 세상의 변수가 될 만한 조건을 갖추는 것이라 했다.

"그렇군."

이성민은 머리를 끄덕거렸다. 그때는 당최 뭔 소리인지 알 수가 없었지만, 지금은 아니었다. 이성민은 많은 것을 알게 되었다.

에레브리사는 종언의 운명을 바꾸고자 한다. 그들이 회원으로 두었던 '변수'는, 이 세상을 종언에서 바꿀 수 있을 만한 변수를 뜻하는 것이다.

"왜 내 앞에 나타난 겁니까?"

"당신은······."

라플라스가 말끝을 흐렸다.

"저희에게 있어서 가장 큰 모험이었습니다. 우리가 당신을 지원하는 것이, 결국에 종언을 위하는 것이 아닌가 해서. 하지만 우리는, 당신을 추천한 므쉬를 믿었습니다."

므쉬는 이성민의 정체를 알고 있었다.

"그 믿음이 결실을 맺었습니다. 이성민 님. 당신은 반드시 출현해야 할 학살포식의 운명에서 벗어났고, 그 어떤 운명에도 휘말리지 않는 존재가 되었습니다. 에레브리사를 관리하는 내가 당신과 만나게 된 것은, 당신이 모르는. 그리고 이 세상에 알려지지 않은 일들에 대해 당신에게 알리기 위함입니다."

"어떤 것을?"

"소천마에 대해서."

그 말에, 이성민의 표정이 굳었다.

"……그녀에 대해서 무엇을 알고 있는 겁니까?"

"많은 것을 알고 있지요. 소천마야말로 이 세상이 종언이라는 운명을 벗어나게 하는 가장 큰 변수니까."

"그것을 왜 나에게 말하는 겁니까?"

"소천마가 가장 큰 변수인 것은 맞지만, 그녀는 마령의 비호를 받고 있습니다. 이 세상의 종언이 늦춰지고 있는 것은 마령이 배신했기 때문이지만…… 우리는 아직까지 마령을 믿고 있지 않습니다."

"나 역시 마령의 가호를 받고 있는 것 아닙니까?"

"예?"

이성민의 질문에 라플라스가 두 눈을 동그랗게 떴다. 그는 잠깐 동안 이성민을 보다가, 머리를 가로저었다.

"아니요. 당신에게서 마령의 가호는 느껴지지 않습니다."

그 대답으로 인해.

이성민은 무너진 정신이 회복된 이유에 대해 확신을 얻을 수 있었다.

그것은 마령의 가호가 아닌 검은 심장의 효과였다.

육체에 박힌 검은 심장이, 무너진 정신마저 재생시킨 것이다. 검은 심장이 이성민에게 주어진 것은, 이성민이 학살포식으로 각성하기 위한 포석이었다.

결국에는 그로 인하여 이성민은 학살포식을 소멸시키고 되살아날 수 있었던 것이다.

"당신은 그 어떤 운명에도 휘말려 있지 않습니다."

"나에게 뭘 원하는 겁니까."

"대단한 것을 원하는 것은 아닙니다. 저희가 바라는 것은 종언을 막는 것이지요."

[충분히 대단한 것을 바라는 것 같은데.]

허주가 투덜거렸다.

"소천마에 대한 소문은 세상에 돌고 있지 않습니다. 하지만 저희는 소천마를 파악하고 있지요."

"……그녀는. 위지호연은 어디에 있는 겁니까?"

"소천마는 던전을 떠돌고 있습니다."

10년 전부터 쭉.

"주기적으로 던전이 세상에 드러나는 경우가 있기는 하지만, 그렇게 드러나기 전부터 던전은 세상의 틈 사이에 존재했습니다. 그리고…… 종언의 때가 되었을 때. 그 던전이 일제히 개방되면서 던전 안의 몬스터들이 쏟아져 나오지요."

그것 역시 종언이다.

"소천마는 그런 던전을 혼자 떠돌며 무너뜨리고 있습니다.

그리고 그 던전에 존재하는 힘들을 독식하고 있지요."

"그녀의 행동은 종언을 막기 위한 것 아닙니까?"

"말씀드렸던 것처럼, 저희는 소천마를…… 아니, 마령을 믿고 있지 않습니다."

라플라스가 고개를 저으며 말했다. 라플라스의 존재가 흐릿하게 일렁거리기 시작했다.

"마령과 만나는 일은 피하십시오. 마령은 휴잴 산맥에 있는 마령정을 나올 수 없습니다. 그러니, 절대로 그곳에 가지 마십시오. 당신은 학살포식이 아니게 되는 것으로 그 어떤 운명도 갖지 않는 존재가 되었지만, 마령과 만나게 된다면…… 마령에 의해 강제적인 운명에 휘말리게 될지도 모릅니다."

그 경고를 마지막으로.

라플라스의 모습이 사라졌다. 네블도 마찬가지였다. 이 이상 대화를 나누는 것은 그들에게 있어서도 위험한 일이었기 때문이다.

아무리 드래곤이 이 세상에서 사라졌다지만, 그들이 남긴 에레브리사라는 시스템은 에리아라는 세상 안에 기생하고 있다.

그들로서는 이 세상을 관리하고 있는 마령과 신령의 눈치를 볼 수밖에 없는 것이다.

'마령을 믿지 말라고?'

그렇다면, 에레브리사는 믿어도 되는 것일까.

의문이 진하게 남았다.

본래, 이성민은 어르무리를 들리고서 마령을 만나기 위해 휴잴산맥에 가볼 생각이었다.

어르무리에서 휴잴산맥까지는 그리 멀지 않기 때문이다.

라플라스가 남긴 말을 마냥 믿고 싶지는 않지만, 마령정에 가고자 하는 것은 그만두었다.

기껏 운명이라는 것에 벗어나 자유가 되었는데, 괜히 마령과 얽혔다가 바라지도 않은 운명에 휘말리고 싶지는 않았다.

'가장 중요한 것을 말해 주지 않았잖아.'

이성민은 사라진 라플라스를 떠올리며 혀를 찼다. 위지호연이 무엇을 하고 있는지에 대해서는 들었지만, 정작 중요한 위지호연의 위치에 대해서는 듣지 못했다.

세상을 떠돌며 던전을 공략하고 있다. 그것을 장장 10년 동안 해왔다는 말이다.

'위지호연도 내가 죽었다고 알고 있을 텐데.'

위지호연뿐만이 아니다. 그를 알고 있는 모든 사람이, 이성민이 죽었다고 생각하고 있을 것이다.

하지만 머지않아 소문은 돌 것이다. 게르무드에서 이성민이 구한 이들을 통해 소문이 퍼져 나가겠지.

이성민은 은밀히 움직일 생각이 없었다. 스칼렛의 위치는 확실히 알지만, 위지호연과 백소고의 위치는 알지 못한다.

10년 동안 죽은 사람으로 되어 있었으니, 이제는 자신이 살아 있다고 확실히 알려야만 한다.

그날 밤을 노숙하고, 이성민은 이른 새벽에 다시 어르무리로 출발했다.

그런 식으로 이틀을 달리니 어르무리의 성문 앞에 도착했다.

요정마가 있었다면 더 빨리 도착할 수 있었을 텐데. 그런 아쉬움을 느끼면서, 이성민은 어르무리의 성문을 통과했다.

10년 만에 오게 된 요괴도시.

그때 왔을 적에는 반쯤 요괴였는데, 이제는 완전한 요괴가 되었다.

그 때문인지 도시를 활보하는 요괴 중 대부분이 이성민을 힐긋거리며 보았다. 요괴는 요괴를 알아본다.

그들은 이성민에게서 느껴지는 거대한 요력을 느꼈다. 그들로서는 이 도시에서 처음 보는 대요괴이니, 이성민에게 시선을 주는 것이 당연했다.

그렇게 이목이 집중되는데 은밀히 움직이는 것은 오히려 의심을 사게 될 것이다. 이성민은 서두르지 않고서 어르무리의 거리를 가로질렀다.

그가 향하는 곳은 야나가 거하고 있는 어르무리의 고급 요정, 여화루였다.

10년이나 지났으니 야나가 아직까지 이곳에 있을지는 의문이었지만, 여화루 자체는 없어지지 않았다.

"무슨 일로 오셨습니까?"

"야나를 만나기 위해."

여화루의 입구에서 출입을 제지받았다. 조심스러운 태도로 묻는 요괴를 향해 이성민은 진의를 숨기지 않고 그대로 대답해 주었다.

"예…… 예에?"

10년 전에. 야나가 여화루에 있다는 것은 알려지지 않은 비밀이었다.

그것은 지금도 마찬가지다. 야나는 여전히 어르무리의 대외적인 일에 나서지 않고, 그 위치마저 제대로 알려져있지 않다.

[안으로 들어오십시오.]

이성민의 머릿속에 야나의 목소리가 울렸다. 이성민은 대답하지 않고서 문지기를 지나쳤다.

문지기는 머뭇거리기만 할 뿐 이성민을 제지하지 않았다. 이성민은 야나의 안내를 받아 별채로 들어왔다.

새하얀 장지문 너머에 야나가 앉아 있는 것이 보였다. 이성민은 천천히 장지문을 열었다.

"오랜만입니다."

야나는 변함없는 아름다운 모습을 간직하고서 자리에 앉

아 있었다.

그녀는 금색 눈을 빛내며 서 있는 이성민을 올려 보았다. 야나는 이성민이 완전한 요괴가 되었음을 간파하고 낮은 탄성을 터뜨렸다.

"요괴가 되었군요."

"예."

"……기묘하군요. 인간이 요괴가 되어버린다면, 기존의 가치관이 완전히 무너지고 인격 자체가 뒤틀리게 되는데……"

"이런 경우도 있는 법이지요."

이성민은 자신의 사정에 대해 야나에게 모두 다 설명해 줄 생각은 없었다. 야나가 허주 덕분에 이성민에게도 우호적이기는 하지만, 그녀는 끝 모를 힘을 가진 강력한 요괴다.

제니엘라와 비교해도 크게 뒤처지지 않을 강함을 가진 구미호가 야나다.

게다가, 그녀의 힘은 마령정의 마령에게서 받은 것이다. 이성민으로서는 그런 야나의 존재가 껄끄러울 수밖에 없었다.

"……10년. 오래 걸렸군요."

그 말.

이성민은 죽은 것으로 알려져 있었다. 하지만 야나는 이성민이 죽지 않고 봉인되어 있다는 것을 알고 있다. 그 사실을 아는 것은 이성민을 봉인한 프라우뿐일 텐데.

"당신이 게르무드에서 봉인되었다고 했을 때. 저는 프라우와 함께 게르무드로 가지 않은 것에 대해 탄식했습니다. 만약 제가 그곳에 있었더라면, 당신이 요괴가 되어 봉인되기 전에 제힘으로 게르무드에서의 일을 정리할 수 있었을 테니까요."

"당신이 슬퍼한 것은 제가 아닌 허주가 봉인되는 것 아닙니까?"

"예."

야나는 솔직하게 대답했다. 이성민은 쓰게 웃으며 야나의 맞은편에 앉았다.

"……허주는 여전히 제 안에 있습니다."

그 말에 야나의 얼굴이 환해졌다.

야나가 허주를 위하는 것은 진심이다. 정작 허주는 그런 야나의 반응이 못마땅하다는 듯이 이성민의 머릿속에서 투덜거렸다.

[그럼 뭐하냐? 먹지도 못하는 것을.]

'먹어? 뭘?'

[뭐긴. 저 탐스러운 몸뚱이 말이다. 뭣하면 네가 이 어르신 대신에 야나를 먹어 볼 테냐?]

'닥쳐.'

이성민은 머릿속에서 킬킬거리는 허주의 말을 무시했다.

"묻고 싶은 것이 있어서 왔습니다."

"무엇입니까?"

다짜고짜 질문하는 것에도 야나는 표정을 바꾸지 않았다.

오히려 그녀는 빙그레 웃어 보였다.

"당신의 친구. 프라우의 행방에 대해."

"아……."

그 질문에, 야나가 말끝을 흐렸다.

"솔직히 말해 주십시오. 당신은 내가 봉인되었다는 것을 알고 있었습니다. 그렇다는 것은, 내가 봉인된 후로 프라우와 만났다는 뜻이겠지요."

"저도 하나 묻고 싶습니다."

야나가 입을 열었다.

"당신은 프라우를 만나 무엇을 할 생각입니까? 설마, 10년 전에 당신을 봉인한 것을 두고 프라우에게 원한을 가지고 계신 겁니까?"

"아니요. 저는 프라우에게 그 어떤 원한도 가지고 있지 않습니다. 오히려 그런 형태로 나를 막아준 것에 대해 감사를 느낍니다. 내가 알고 싶은 것은…… 내가 미쳐 날뛰었을 때. 그 도시에서 정확히 무슨 일이 일어났는가에 대해서입니다."

그 말에 야나는 이성민의 눈을 물끄러미 보았다. 잠깐의 침묵 뒤에 야나가 몸을 일으켰다.

"저를 따라와 주십시오."

야나는 그렇게 말하며 장지문을 열고 밖으로 나갔다. 다행히 프라우는 이 근처에 있는 모양이었다. 이성민은 프라우를 찾아 떠돌지 않아도 되겠다는 생각에 안도했다.

야나가 이성민을 데리고 향한 곳은 여화루 뒤편의 정원이었다. 이성민은 이곳을 기억하고 있었다.

정원에는 숨겨진 공간이 있고, 그곳에는 요력을 다루는 법을 알고 있는 마을의 생존자들이 살고 있다.

야나는 숨겨진 공간의 문을 열었다.

"혹시나 해서 말하는 것이지만…… 당신이 프라우를 해하려 든다면, 저는 그녀를 위해서라도 당신을 제압해야 합니다."

"그런 일은 없을 겁니다."

이성민은 그렇게 대답하며 야나의 뒤를 따라 공간의 문을 지났다.

자그마한 마을의 한복판에, 풍경과 어울리지 않는 화려한 저택이 서 있었다. 야나는 거리낌 없이 저택의 문을 열고 안으로 들어갔다.

예쁘장한 모습의 소년과 청년들이 야나를 보고 꾸벅 머리를 숙였다.

이성민은 그들의 얼굴과 복장을 보면서 헛웃음을 흘렸다. 10년이라는 시간이 흘렀지만 프라우의 취향은 변하지 않는 모양이었다.

"맙소사."

야나의 걸음이 멈추었다.

화려한 침상 위에 반나체로 널브러져 있던 프라우는, 몸을 가릴 생각도 하지 않고 이성민을 보고 입을 쩍 벌리고 있었다.

그 뒤에 프라우는 야나를 향해 눈썹을 찡그렸다.

"설마, 날 판 것은 아니겠지?"

"아닙니다."

야나가 머리를 가로저었다. 하긴, 그럴 리가 없지. 프라우는 투덜거리면서 몸을 일으켜 제대로 앉았다. 그녀는 두 눈을 가늘게 뜨고 이성민을 노려보았다.

"……보기에는 멀쩡해 보이는데."

"실제로 멀쩡합니다."

이성민이 대답하자 프라우가 헛웃음을 흘렸다.

"나는 잘 모르겠는걸. 10년 전에 너는 제대로 미쳤었거든."

"그때의 기억은 없습니다. ……너무 경계하지 마십시오."

"경계 안 하게 생겼어? 기억 안 난다니 참 다행이네."

프라우가 이죽거렸다.

"10년 전의 너는 끔찍했어. 나는 오랜 세월을 살았고, 많은 요괴를 보았지만…… 그때의 너만큼 난폭하고 야만적인 요괴는 본 적이 없었다. 보이는 대로 좀비를 죽이고, 그것을 쉼 없이 먹어치우고. 지금 생각해도 역겨울 정도야."

"그건 나도 마찬가지입니다. 왜 자꾸 내가 좀비를 잡아먹었다는 것을 강조하는 겁니까?"

"강조는 무슨. 나 지금 한번 말했거든?"

"날 보는 사람들마다 그랬단 말입니다."

이성민은 그렇게 투덜거리면서 괜히 입맛을 다셨다. 문득……
그런 생각이 났다. 10년 동안 봉인되어 있었다.

그 시간 동안 이성민은 무언가를 먹지도, 마시지도 않았다.
최근 며칠 동안이야 노숙하면서 식사를 했다지만, 그 이전의
10년 동안은 아무것도 먹고, 마시지 않고, 싸지도 않았다.

그렇다면 씹어 먹은 좀비의 살점 등이 10년 동안 위장 안에
있었다는 것 아닌가?

그런 생각을 하니 기분이 엿 같아졌다.

"지금의 나는 정상입니다."

"그렇다면 다행이네."

"나는…… 그곳에서 대체 무슨 일이 일어났는지에 대해 아
무것도 모릅니다. 그래서 당신을 찾아온 겁니다. 프라우 님.
그곳에서 대체 무슨 일이 있었던 겁니까? 당신은 나를 어떻게
봉인한 겁니까?"

"아벨이 죽었어."

프라우가 내뱉었다.

"아벨 나름대로는 만족했겠지. 어린 시절부터 숙적으로 삼
았던 형을 제 손으로 죽이고 나서 죽었으니까."

"……예?"

프라우의 말에 이성민의 두 눈이 크게 떠졌다.

"아벨 님이…… 엔비루스를 죽였단 말입니까?"

"그리에스의 마법을 쓸 만한 수명이 남아 있지 않았거든. 그래서, 아벨은 마법사의 금기를 범했다. 타인의 수명…… 자신의 형을 죽이고, 그 수명을 빼앗았지."

"아……."

엔비루스가 죽었다. 그래, 그래서 학살포식이 그런 말을 한 것이다.

머지않아 정령의 여왕이 눈을 뜰 것이라고.

여태까지 이성민은, 왜 학살포식이 정령의 여왕이 눈을 뜰 것을 언급하였는지 이해하지 못하고 있었다.

그때 학살포식이 남긴 말의 뉘앙스는, 정령의 여왕이 종언의 하나가 될 것이라고 비웃는 것 같았으니까.

하지만 지금, 이성민은 왜 그렇게 되는 것인지 이해했다.

엔비루스가 죽었다. 정령의 여왕은 엔비루스의 죽음을 막고자 직접 이 세상에 나타날 정도로 진심으로 그를 사랑했었다.

그런데, 그런 엔비루스가 죽었다면. 그 죽음으로 인해 돌아버리는 것도 있을 법한 일이었다.

"……엔비루스와 함께 있던…… 그 정령은? 어디로 갔습니까?"

"네가 미처 날뛰게 될 즈음에 빛이 되어 사라져 버렸지. 아마 진짜 정령계로 역소환된 것 같던데."

루비아. 이성민은 그녀의 이름을 떠올리며 눈을 질끈 감았다. 언젠가, 기회가 된다면. 그녀가 잘 지내는지 확인해 달라던 광천마의 목소리가 머릿속을 맴돌았다.

"……당신은 어떻게 나를 봉인할 수 있었던 겁니까?"

"진짜 아무 기억도 안 나는 모양이네."

"나도 나름대로 알아보았습니다. 당신이 나를 봉인하기 전, 나는 누군가와 격렬한 전투를 벌였다고 하더군요. ……그게 대체 누구입니까?"

"네가 아는 사람이야."

프라우가 어깨를 으쓱거렸다.

"묵섬광 백소고."

"……아."

이성민의 두 눈이 파르르 떨렸다.

당황하지는 않았다.

아마, 그럴 것이라고 생각했었다. 백소고의 성격이라면 남쪽에서 대학살을 벌인 김종현을 반드시 막으러 올 것이다. 남쪽으로 향했을 때, 이성민도 내심 백소고와 만나게 되지 않을까 기대했었다.

"미쳐 날뛰는 너를 피해 도망칠 때, 갑자기 그녀가 나타났지. 그녀는 뭐가 그리 서러운지 눈물을 뚝뚝 흘리며 너를 몰아붙였어."

가슴 깊은 곳이 욱신거렸다.

"나는 도망치는 것을 그만두고 백소고를 돕기로 했어. 내가 아무리 염치가 없어도 그 상황에서 마냥 도망칠 수는 없었으니까."

"……그래서……?"

"백소고는 너를 죽이고 싶지 않아 했어."

프라우가 미간을 찡그렸다.

"나는 아예 죽여 버리는 것이 낫다고 여겼지만. ……나 혼자서 너를 죽이는 것은 무리니까. 너를 공간의 틈 사이에 봉인해 버렸다. 못해도 50년은 갈 것이라고 생각했는데, 10년 만에 봉인이 풀릴 줄은 몰랐다만."

"그 뒤에, 백소고 사저는 어디로 갔습니까?"

"몰라."

프라우가 옆머리를 손으로 털며 투덜거렸다.

"꽤 심한 상처를 입기는 했지만, 죽지는 않았어."

네블에게 들은 정보를 통해, 백소고가 죽지 않았다는 것은 이성민도 알고 있었다.

'……사저.'

죽이고 싶지 않아 했다고.

이성민은 고개를 숙이며 두 눈을 감았다.

"앞으로 어쩌실 생각입니까?"

야나가 묻는다. 머리를 숙이고 있던 이성민은 그 질문에 천천히 머리를 들었다.

10년 전의 일에 대해 알게 되었다. 그날, 게르무드에 백소고가 있었다. 통제 불능의 괴물이 된 이성민을 가로막은 것이 그녀였고, 끝내 이성민을 죽이지 못한 것도 그녀였다.

악을 멸하겠다고. 그렇게 말하던 백소고의 모습을 기억한다. 그때 게르무드에 있었던 이성민은 틀림없이 악인이었을 것이다.

이성을 잃고 날뛰며, 성기사들을 공격했다. 만약 이성민의 주변에 있었던 것이 좀비가 아닌 살아 있는 인간이었더라면.

이성민이 습격하고 잡아먹은 것은 좀비가 아닌 인간이었을 것이다.

백소고도 그것은 알고 있었을 것이다. 그럼에도, 백소고는 이성민을 죽이지 못했다. 그녀가 가진 그녀 자신의 편협한 잣대로 본다면, 이성을 잃고 날뛰는 이성민은 악이었을 것이다.

그럼에도 백소고는 이성민을 죽이지 못했다. 죽이지 않았다. 죽일 수가 없었다.

'사저는…… 떠돌고 있어.'

10년이라는 긴 시간 동안. 묵섬광 백소고는 협객 중의 협객으로서 이름을 떨치고 있었다.

그녀는 세상을 떠돌며 곤경에 처한 양민들을 구제하고 사파의 마두들을 쓰러뜨렸다.

의문이 있다.

현재, 무림은 둘로 나누어져 있다. 정파 무림맹과 사파 혈맹. 혈맹은 혈마에 의해 사파 문파들이 새로이 규합한 단체로서, 무림맹과 혈맹은 크고 작은 충돌을 거듭해 오고 있다.

백소고의 기준으로 보자면, 혈맹은 악이다. 실제로 혈맹의 문파들은 사마련 때와는 다르게 문파 주변 마을이나 도시에 과한 착취를 하며 원성의 대상이 되어 있었다.

백소고는 강하다.

10년 동안 백소고는 드문드문 이 세상에 모습을 보였다. 그 대부분이 어느 지역의 마두를 쓰러뜨리고, 과한 착취를 해오는 사파 문파를 몰락시켰다는 내용이었다.

그녀가 몰락시킨 마두와 문파는 대부분 혈맹의 소속이었다. 악을 멸하겠다는 백소고의 성격을 볼 때, 그녀의 기준에 있어서 혈맹은 악이다.

'설마.'

이성민은 정신을 집중했다. 네블에게서 받은 정보를 파헤친다. 백소고가 마지막으로 모습을 보였던 것은 1년 전의 체페드.

북쪽으로 이어지는 도시 중 하나.

설마.

이성민은 떠오르는 불길한 예감에 가늘게 몸을 떨었다.

그 후 1년 동안, 백소고는 세상에 나타나지 않았다. 그녀는 왜 체페드로 간 것일까.

체페드는 북쪽으로 이어지는 도시 중 하나.

북쪽의 끝, 트라비아에는 뱀파이어 퀸 제니엘라가 있다. 프레데터의 정점. 괴물 중의 괴물. 이성민은 자리에서 벌떡 일어섰다. 확인은 되지 않았지만 불안은 확신이었다.

10년이라는 시간 동안 세상을 떠돈 백소고. 아까 전에 게르무드에서 보았던 사파 무인들. 혈맹의 무인들.

라오셴이 말했다. 저들은 자신들의 심부름꾼이라고. 프레데터와 혈맹이 연결되어 있다. 어쩌면, 혈맹의 뒤에서 그들을 지휘하고 있는 것이 프레데터와 제니엘라일지도 모른다.

백소고는 그 사실을 알아냈다. 그리고, 그녀의 성격이라면. 악을 멸하겠다는 그 오만한 바람대로라면. 현 세상에서…… 백소고가 생각하는 제일의 악은.

수백 년 동안 살아오며, 프레데터라는 인외 집단의 정점에 서 있는. 혈맹의 뒤에서 시민들을 핍박하고 무림맹과 거듭된 충돌을 벌이는.

'설마.'

확인되지 않았다. 불안만 크다. 하지만, 만약 그런 것이라면. 백소고가 제니엘라와 담판을 짓기 위해 북쪽으로 향한 것이라면? 1년 동안 그녀에 관련된 소문이 전혀 없다는 것이 불안하고 두렵다.

체페드로 향한 백소고의 소식이 왜 끊어진 것일까.

"왜 그러십니까?"

야나가 물었다.

이성민은 빠득 입술을 씹었다. 많은, 많은 의문이 있다. 10년 동안 잠들어 있는 동안 쌓인 의문들이.

위지호연에 관한 것도 있다. 위지호연은…… 이성민이 죽었다는 이야기를 듣고 어떤 반응을 보였을까.

이성민의 죽음을 담담히 넘기고서, 10년 동안 던전을 떠돈 것일까.

'아니야.'

그럴 리가 없다. 위지호연은 그런 성격이 아니다. 이성민은 위지호연을 잘 알았다. 그녀가 어떤 성격인지. 정말로 이성민이 죽었다고 생각한다면, 위지호연은 모든 것을 제쳐두고서라도 게르무드로 왔을 것이다.

하지만 오지 않았다. 위지호연이 게르무드 근처에 왔다는 정보는 하나도 없었다.

'위지호연은 마령과 연결되어 있다.'

정신세계에서 백아가 손에 쥐어졌던 것이 떠올랐다. 그때 백아를 손에 쥐여준 것은, 높은 확률로 마령일 것이다.

내가 죽지 않은 것을 마령이 위지호연에게 알려 준 것일까. 그래서 위지호연이 오지 않나?

아니, 지금 중요한 것은 그것이 아니다.

"……가봐야겠습니다."

"어디를?"

야나가 머리를 갸웃거리며 물었다.

가든지 말든지. 프라우는 투덜거리면서 다시 침대에 널브러졌다. 그녀는 더 이상 이성민에게 관여하고 싶지 않았다.

하지만 야나는 아니었다.

"……급하게 가야 할 곳이 생겼습니다. 벨라도르 근처의 레그로 숲. 그곳에 가야 합니다."

남쪽 끝에 가까운 어르무리에서 체페드까지는 거리가 너무 멀다. 그러니 우선 레그로 숲으로 가서, 오슬라를 만나 요정마를 다시 받을 생각이었다.

다행히 이성민은 예전에 처음 트라비아 쪽으로 갈 때에 체페드 근처에 들렀던 적이 있었다.

"무슨 일이십니까?"

야나가 물었다.

"서둘러야 한다고는 해도, 저에게 알려주십시오. 제가 도움이 될 수도 있지 않습니까?"

그 말에 이성민은 잠깐 동안 머뭇거렸다. 야나를 믿어야 하

나? 그런 불신이 마음 한구석에 있기 때문이었다. 라플라스가
했던 말은 이성민에게 많은 혼란을 주었다.

마령을 믿지 마라.

야나는 마령에게 힘을 받은 존재다.

그것을 알고 있음에도, 이성민은 야나에게 자신이 레그로
숲으로 가야 하는 이유에 대해 설명해 주었다.

지금으로써는 그것을 따질 때가 아니었다. 마령의 진의를
알 수 없다고 해서, 라플라스의 말에 현혹되어 무조건적으로
마령을 불신해야 하는 것도 우습다.

적어도 지금까지 살면서 마령의 도움을 받은 것은 틀림없는
사실이었고, 이성민의 손에 백아를 쥐여준 것이 마령일지도
모르는 일이기에.

"함께 가지요."

짧게 축약된 이야기를 듣고서, 야나가 머리를 끄덕거리며 말
했다.

"예?"

"레그로 숲이라 하셨지요? 벨라도르라면 어떻게 가는지 알
고 있습니다."

"잠깐……."

"서둘러야 한다고 하지 않으셨습니까."

야나는 그렇게 말하며 몸을 돌렸다. 이성민은 프라우에게 대충 인사를 전하고서 야나의 뒤를 따라 나왔다. 공간의 문을 열고 밖으로 나온 야나는 하늘을 올려 보았다.

"이성민 님."

"……예."

"당신은 뱀파이어 퀸과 싸우실 생각인 겁니까?"

"필요하다면."

"솔직히 말하지요. 저는 당신의 죽음에는 슬퍼할 이유가 없습니다. 하지만, 당신의 안에 있는 허주의 죽음에는 슬퍼할 것입니다."

야나의 등 뒤에서 아홉 개의 꼬리가 나타났다.

"뱀파이어 퀸은…… 당신이 그 무엇을 상상하여도, 그 이상 가는 힘을 가진 괴물입니다. 저로서도 승리를 장담할 수가 없는 괴물이지요. 그녀와 싸우고, 그녀가 당신을 죽이고자 한다면, 당신은 반드시 죽을 수밖에 없습니다."

"그래서…… 같이 가겠다는 겁니까?"

"예. 저는 허주의 죽음을 바라지 않습니다. 허주가 당신과 함께 살아가는 것을 택하여 당신의 안에 있으니. 허주의 죽음을 바라지 않는 나는 당신을 지켜야만 합니다."

[이 도시를 떠나겠다는 것이냐?]

허주의 요력이 몸을 일으켰다. 웅웅거리는 허주의 목소리에 야나는 빙그레 웃었다.

"이제야 저에게 목소리를 주시는군요."

[크흠…….]

"나에게 있어서 이 도시는 그리 소중한 곳이 아닙니다. 당신을 위해서라면 언제든지 버릴 수가 있습니다."

그 맹목적인 말에 허주가 쩝 하고 입맛을 다셨다. 아홉 개의 꼬리를 보인 야나가 이성민을 향해 손을 뻗었다.

"함께 가겠습니다."

"……감사합니다."

이성민은 그렇게 대답하며 야나의 손을 잡았다. 야나의 아홉 개의 꼬리가 이성민의 몸을 감쌌다.

그러고서 환한 금빛이 둘을 휘감았다. 둘을 삼킨 금색 빛의 구체가 공중으로 날아올랐다. 그 안에서 이성민은 부유감 따위는 느끼지 못했다.

이성민과 손이 닿아 있던 야나의 손이 사라졌다. 야나는 인간의 모습에서 아름다운 금색의 여우로 변해 있었고, 이성민은 그녀의 등 위에 올라타게 되었다.

파아아앗!

야나가 공중을 박차 달리기 시작했다. 어마어마한 속도로 어르무리가 멀어진다. 부유감이 없듯, 속도감도 없었다. 아홉 개의 꼬리가 길게 늘어지며 하늘에 금빛을 뿌렸다.

이성민은 야나의 등 뒤에서 얼떨떨한 눈으로 아래를 보았다. 야나가 달리는 속도는 이성민이 전력으로 펼치는 경공보다 빨랐다.

[당신이 없는 동안. 저는 제니엘라의 접촉을 받은 적이 있습니다.]

이성민의 머릿속에 야나의 목소리가 울렸다.

[프레데터에 들어오라는 권유였지요. 물론 저는 그 말을 거절했습니다. 들어갈 이유가 전혀 없었으니까요.]

"거절하니 그냥 물러섰습니까?"

[제니엘라가 직접 온 것도 아니었으니까요. 그 후로 제니엘라가 접촉했던 적은 없습니다.]

아래를 본다. 풍경이 빠르게 스쳐 지나가고 있었다. 야나는 처음의 속도에서 계속해서 빨라지고 있었다.

예전에 김종현은 야나의 속도라도 어르무리에서 휴잴 산맥까지는 이틀은 걸릴 것이라고 했었다. 그것은 야나의 속도를 너무 우습게 본 말이었다.

야나는 쉬지 않고 달렸다. 밤이 되어도 그녀는 잠을 자지 않고 달렸고, 속도도 조금도 처지지 않았다.

게다가 공중을 달리는 탓에 레그로 숲까지는 직선거리로 달릴 수 있었다.

그렇게 나흘을 내리 달리자 레그로 숲 근처에 도착할 수가 있었다.

야나의 도움을 받지 않았더라면 이성민이 레그로 숲에 오는 것에는 아무리 빨라도 한 달이 넘는 시간이 걸렸을 것이다.

이성민은 야나와 함께 숲의 입구로 내려왔다.

"감사합니다."

나흘 내내 전속력으로 달린 탓인지 야나는 조금 피로해 보였다. 이성민이 감사를 표하자 야나는 희미한 미소를 지으며 머리를 가로저었다.

"그리 대단한 일을 한 것은 아닙니다."

이성민은 야나와 함께 숲의 입구 안으로 들어갔다. 그는 자신의 존재를 숨기지 않고 노골적으로 존재감을 내뿜었다. 얼마 지나지 않아 숲의 풍경이 크게 일렁거리기 시작했다.

멀리서 요정들이 발하는 불빛이 반짝거리는 것이 보인다. 그쪽으로 다가가려던 이성민은, 한숨을 쉬면서 잠깐 고민했다.

이걸 피해야 하나, 말아야 하나.

"그냥 계십시오."

이성민은 야나에게 빠르게 내뱉었다.

그 말이 끝난 즉시.

콰아앙!

공간을 가로지르며 쏟아진 불꽃의 구체가 이성민의 몸과 부딪혔다. 이성민은 조금 휘청거리던 몸을 바로 세웠다.

"개새끼."

짜증 가득한 욕설이 쏘아졌다. 소리가 크기는 했지만 정작 위력은 그리 크지 않았다. 이성민은 어떤 표정을 지어야 할지 고민하면서 머리를 돌렸다.

허리에 손을 올리고, 눈썹을 가득 찡그리고 있는 스칼렛의 모습이 보였다.

"오랜만입……."

콰아앙!

이성민의 말이 끝나기도 전이었다. 스칼렛의 주변에 떠 있던 불꽃의 구체가 다시 한번 쏘아져 이성민의 얼굴을 갈겼다.

이번에는 조금 위력이 강했다. 급히 호신강기를 끌어 올리지 않았더라면 머리털이 모조리 타버렸을 것이다.

"야, 이 개새끼야."

스칼렛이 손가락을 들어 이성민을 가리켰다.

"그때, 그렇게 나를 버리고 가 놓고서!"

"그게…… 스칼렛 님을 위해서……."

"그러면 내가 마음이 편할 것 같아? 어? 남이 진심으로 걱정해서 같이 가주겠다고 했는데. 가기 직전에 나를 그렇게 밀어버리고 가버리면!"

쾅!

화염구가 다시 한번 터졌다.

"그러고서 멀쩡하게 돌아오면 또 몰라. 10년이나 지나서 와 버리곤! 뻔하지, 요정마 때문이지? 내가 그럴 줄 알았어. 그래서 일부러 내가 요정마를 다시 빼앗으라고 한 거야!"

"그랬던 겁니까?"

"그래야 요정마 때문이라도 네가 다시 돌아올 것 아니야!"

스칼렛이 빽 하고 고함을 질렀다.

"……다행입니다. 그렇다는 것은, 스칼렛 님은 제가 죽지 않았다는 것을 알고 계셨던 것 아닙니까?"

"흥."

"그리고, 요정마가 아니었어도 저는 당연히 이곳으로 돌아왔을 겁니다. 스칼렛 님이 걱정할 것이라 생각했을 테니까요."

"그래서. 나 걱정했을까 봐, 죄송하다고 말하려고 이곳으로 돌아온 거냐?"

"그게……."

스칼렛의 쏘아붙이자, 이성민은 자신도 모르게 말끝을 흐렸다. 그러자 스칼렛의 얼굴이 일그러졌다.

"결국 지금 온 것은 요정마 때문이잖아!"

이성민은 할 말이 없어서 입을 다물었다.

5장
행방

"……따지고 보면 둘 다죠. 스칼렛 님에게 인사도 하고, 요정 마도 되찾고."

이성민은 그렇게 말하며 등 뒤에 서 있는 야나를 힐끗거렸다.

그녀는 상황을 이해하지 못하고서 머리만 갸웃거리고 있었다.

야나와 스칼렛은 첫 대면이다. 스칼렛은 그제야 이성민의 등 뒤에 있는 야나를 보며 헛웃음을 흘렸다.

"그새 또 다른 여자를 꿰찼네."

"꿰차는 건 또 뭡니까?"

"아니야?"

"이번 일에서 절 도와주겠다고 나선 분입니다."

"어르무리의 야나라고 합니다."

야나가 머리를 까닥거리며 자신의 이름을 소개했다.

야나…… 야나. 그 이름을 되뇌던 스칼렛의 눈이 크게 떠졌다.

"어르무리의 구미호?"

"네. 당신은…… 그러니까, 적색 현자인가요?"

야나가 묻자 스칼렛의 눈썹이 파르르 떨렸다. 그녀는 한숨을 푹 내쉬며 양손으로 자신의 얼굴을 덮었다.

"그리 좋아하는 별명은 아닌데…… 적색 현자가 대체 뭐야? 내 나이가 몇인데……."

"뭘 했길래 그런 별명이 붙은 겁니까?"

"뭘 하기는. 마법사 길드에서 독립해서, 이 숲 근처에 작은 마탑을 세웠지. 마법을 배우고 싶어 하는 놈들 데려다가 마법도 가르쳤고."

전생과 비슷했다.

전생의 스칼렛은 이성민이 27살, 죽기 얼마 전에 그녀만의 독창적인 마법 체계인 '레시르 학파'를 설립하고, 대마법사라 불리었다.

현생과 전생의 다른 점이라면, 본래 해야 했을 때와 10년이라는 시간이 더 걸렸다는 점, 스칼렛이 마법사 길드를 나왔다는 점 정도였다.

"난 그 별명 싫어하니까. 그렇게 부르지는 말아줘요."

스칼렛의 나이는 몇인 걸까. 자그만 의문이 들었다. 따지고 보면 이성민의 육체적인 나이는 이제 37이다. 그리고 스칼렛은 이성민보다 나이가 많다.

궁금증이 들어 물어보고 싶었지만, 묻는다고 해서 순순히 대답해 줄 것 같지는 않았다.

"꽤 걸렸네."

파아앗.

멀지 않은 곳에서 빛의 구체가 모여들었다. 환한 빛이 잦아들었을 때, 그 안에서 나타난 오슬라는 나비의 날개를 활짝 펴며 이성민을 바라보았다.

"알고 계셨습니까?"

"알고 있었지."

여러 의미를 담아 던진 질문이다. 오슬라는 망설임 없이 머리를 끄덕거렸다.

"네가 어떤 존재인지는…… 예전부터 간파하고 있었어."

"당신은…… 결국 선택하는 것은 나라고 했습니다. 그리고 나는 이런 선택을 했고. 지금도 당신은 나에게 호의적입니까?"

"원래부터 나는 네 편이야."

오슬라가 한숨을 내쉬었다.

"네가 괴물이 되어버린다면, 괴물이 되어버린 네 편을 드는 것이고. 네가 괴물이 아니게 되었다면…… 그래도 네 편이지."

생각했던 대로다. 오슬라의 입장은 변하지 않는다. 오슬라가 학살포식의 편이었다면 그녀는 이성민을 위해 봉인 따위는 하지도 않았을 것이다.

　오슬라는 천천히 날개를 움직이며 이성민에게 다가왔다. 그녀가 대뜸 손을 내밀자, 이성민은 당황하지 않고서 오슬라의 손을 맞잡았다.

　"……그렇구나."

　오슬라가 머리를 끄덕거렸다.

　"완전히 소멸했어. 선택에 대해 말하기는 했지만, 사실 나는 이런 결과가 만들어질 것이라고는 확신하지 못했어."

　"그런데 왜?"

　"오랜 약속이지."

　이성민의 손을 잡은 오슬라의 손에 자그마한 빛이 맺혔다. 이성민의 눈썹이 움찔 떨렸다. 그의 머릿속에 오슬라의 기억이 들어오고 있었다.

　오랜 약속. 오슬라가 몇 번이나 했던 그 약속이 무엇인지, 이성민은 확실하게 이해했다.

　정령의 여왕과 요정의 여왕.

　그들은 진정한 의미의 초월자로서 이 세상에 존재하고 있었지만, 엄밀히 말해서 이 세계의 주민은 아니었다. 전 차원에는 무수히 많은 정령이 있고, 무수히 많은 요정이 있다.

　마찬가지로, 그들을 다스리는 무수히 많은 여왕과 왕이 있다.

종언으로 인해 '에리아'라는 거대한 실험장이 닫히고, 새로운 실험장이 열리게 될 때마다 이전과는 다른 정령의 여왕과 요정의 여왕이 에리아와 연결된다. 그런 식으로 몇 번이나 반복되어 왔다.

[우리는 이 세계와 상생하고 있어.]

머릿속에서 오슬라의 목소리가 울렸다. 대마계와 마신, 마왕. 그 관계와 다르지 않다.

대마계에 마신이 존재하고, 마신에 의해 태어난 마왕들이 대마계를 나누어 다스린다.

그리고 다른 차원으로 진출한 마왕들이 그 차원의 마계를 다스린다.

요정도, 정령도 마찬가지였다. 에리아에 존재하는 요정과 정령은 그들의 여왕보다 위대한 존재에 의해 이 세상에 잠깐 동안 파견을 나온 것에 지나지 않는다.

[우리는 이 세상의 운명을 바꾸려 들어서는 안 돼. 하지만 정령의 여왕이 약속을 어겨 버렸지.]

엔비루스는 그 순간 죽어야만 했다. 하지만 정령의 여왕이 개입했다.

'당신도 그 약속을 어긴 것 아닙니까?'

[맞아.]

이성민의 말에 오슬라가 쓰게 웃었다.

[내가 너에게 호의적이라고 했던 것. 그것은…… 네가 종언의 하나인, 학살포식의 운명을 가지고 있기에 한 말이었어. 너는 어떻게 해서도 학살포식이 될 운명이었으니까.]

그 선에서 오슬라의 행동은 운명을 바꾸려 드는 것은 아니었다. 하지만, 사마련주가 죽고. 이성민이 사마련주의 힘을 계승하기로 하였을 때.

[그 순간에 나는 약속을 어겼어. 운명을 바꾸려 들었지. 이 세상이 끝나게 된다면, 나는 그에 대한 대가를 치르게 될 거야.]

'……선택.'

[맞아. 나는 그런 선택을 내렸어. 사마련주가 선택하고, 네가 선택한 것처럼. 나도 정령의 여왕과 크게 다르지는 않아. 그녀가 한 인간을 사랑해서 운명을 바꾸려 한 것처럼, 나도 그런 거야.]

'……당신은…… 스승님을……'

오슬라는 대답 없이 빙긋 웃었다.

'……정령의 여왕은 긴 잠에 빠졌습니다. 조만간 깨어난다고는 하지만. 그 오랜 잠이 약속을 어긴 것에 대한 대가입니까?'

[자신의 영역을 벗어난 것에 대한 페널티야. 내가 요정의 숲을 나가지 않는 것처럼, 그녀 역시 정령계를 나가서는 안 돼.]

정령의 여왕은 약속을 어긴 것에 대한 대가를 받지는 않았다. 오슬라가 그러하듯이, 정령의 여왕이 받게 될 대가도 이 세상이 끝난 뒤에 찾아오게 될 것이다.

'당신은 종언을 막고 싶은 겁니까?'

[런주가 그것을 바라였고, 그렇게 죽었잖아.]

오슬라가 이성민의 손을 놓았다. 이것으로 이성민은 오슬라의 의중과 입장을 확실히 알게 되었다.

오슬라는 멋쩍은 미소를 지으며 머리를 가볍게 흔들었다. 눈꼬리에 맺혀 흩날려 사라지는 눈물방울을, 이성민은 못 본 척했다.

"요정마는 돌려줄게. 스칼렛이 하도 빼앗으라고 해서 잠시 뺏어 두었던 것이거든."

"흥."

스칼렛이 입술을 삐죽거렸다. 그녀로서는 10년 전에 두고 간 것에 대한 앙갚음으로 한 행동이었다.

10년 전에 그녀의 의중을 무시하고 두고 간 것은 이성민이였기에, 그는 스칼렛의 투정에 대해서 별다른 말은 하지 않았다.

"……북쪽으로 갈 겁니다."

"이번에도 버리고 가게?"

스칼렛이 쏘아붙였다.

"……같이 가실 겁니까?"

"못 가."

스칼렛은 투덜거리면서 머리를 벅벅 문질렀다.

"연구가 완성 막바지야. 하루라도 자리를 비우게 된다면 다 완성된 것이 망해 버려."

"······알겠습니다."

억지로 데려가고 싶은 마음은 없었다. 얼핏 느껴지기에도 스칼렛은 10년 전과 비교가 되지 않을 경지에 올라 있었다.

게르무드에서의 일은 이성민으로 하여금 많은 것을 알게 해 주었다. 특히, 뛰어난 마법사가 얼마나 위험한지에 대해.

하지만 이번에는 스칼렛의 도움을 받을 수가 없다. 대신에 야나의 도움을 받을 수 있다. 어쩌면 이번 일로 인해 프레데터와 전면전을 벌이게 될지도 모른다.

프레데터의 검은 별 중 하나였던 적귀의 심장을 손쉽게 뽑았다는 야나의 힘은, 그런 상황이 되었을 때에 큰 도움이 될 것이다.

'제발.'

이성민은 요정마를 소환했다. 그는 즉시 요정마의 위에 올라타고서 야나에게 손을 뻗었다.

야나마저 요정마의 위에 올라타자, 이성민은 북쪽 도시인 체페드를 떠올렸다.

백소고는 체페드를 마지막으로 자취를 감추었다. 그곳에 간다면, 백소고가 무슨 일을 겪었는지에 대해 알 수 있을 것이다.

제발, 최악의 결과를 맞닥뜨리지 않기를.

요정마가 공간을 뛰어넘었다.

10년 만에 맞은 북쪽의 바람은 여전히 싸늘했다. 이성민은 즉시 요정마에서 뛰어내렸다.

설원 위에 선 이성민은 멀지 않은 곳에 보이는 체페드의 성문을 보았다. 이성민의 기억 속에서, 체페드는 트라비아와 이어지는 길에 있는 도시로서 뱀파이어나 라이칸슬로프의 지배를 받는 곳은 아니었다.

하지만 지금은 아니다.

네블에게서 체페드에 대해 알아보았다. 10년 전, 북쪽 끝에서 긴 시간 침묵하고 있던 뱀파이어 퀸이 움직이기 시작했다.

트라비아의 어둠 속에서만 활보하던 뱀파이어들은 도시 전체를 장악했고, 광랑 주원의 지배를 받는 라이칸슬로프들이 트라비아 근처, 북쪽의 도시들을 장악했다.

체페드 역시 마찬가지다.

체페드를 다스리고 있는 것은 라이칸슬로프 중 하나. 주원의 심복 중 하나인 네로라는 이름을 가진 라이칸슬로프였다.

본래 체페드는 주원이 다스리던 도시였으나, 반년 전쯤에 주원이 사라지고서 네로가 주원의 빈자리를 대신했다.

그래서 더 불안한 것이다. 네로라는 이름의 라이칸슬로프가 얼마나 강하지는 모르겠지만, 초월지경인 백소고의 실력이라면 네로와 싸운다고 해도 곤란을 겪지는 않았을 것이다.

하지만 주원이 상대였다면? 왜 주원은 모습을 감춘 것일까. 백소고는 왜? 불안이 끊이질 않는다. 이성민은 꽉 쥐어진 주먹을 아래로 내리며 체페드의 성문으로 향했다.

"정면으로 가시는 겁니까?"

등 뒤를 따르는 야나가 묻는다. 이성민은 뒤를 돌아보지 않고서 머리를 끄덕거렸다.

"위험하지 않겠습니까?"

"저 도시에 제니엘라나 주원이 있다면 모를까. 그 둘이 없다면 나를 막는 것은 불가능합니다."

오만한 말이었으나, 이성민에게는 오만한 말이 아니었다.

북쪽은 불모지다. 프레데터가 왕성한 활동을 보이기 시작하고서, 정파 무림은 북쪽에서 완전히 후퇴했다.

그곳을 근거지로 삼던 문파도, 가문도. 그들로서는 절대로 프레데터와 싸우고 싶지 않았기 때문이다.

덕분에 지금의 북쪽, 그 최전방이라고 할 수 있는 체페드에는 정파 무림이 남지 않았다.

프레데터의 이름은 어디에나 있는 거지들마저도 후퇴하게 만들었다.

그렇다고 해서 체페드라는 도시가 무법지대가 된 것은 아니었다. 체페드를 점령한 라이칸슬로프들은,

아무것도 하지 않았다. 도시 일에 개입하지도, 도시 주민들을 핍박하지도 않았다. 그들은 그냥, 존재하기만 했다.

그렇다고 해서 라이칸슬로프들이 체페드를 영역으로 삼지 않았다는 것은 아니었다. 개방을 비롯한 정보 문파와 길드들은 몇 번이나 체페드에 다시 진출하려 하였으나, 그런 의중으로 체페드에 들어 온 무인들은 모조리 시체가 되어 돌아갔다.

성문 앞과 성벽 위에 선 라이칸슬로프들은 다가오는 이성민과 야나를 내려 보았다.

지금, 그들은 어떤 반응을 보여야 할지 망설이고 있었다. 이성민과 야나, 둘 모두에게서 인간의 느낌이 전혀 나지 않았기 때문이다.

"누구시오?"

결국 성문을 지키고 있던 라이칸슬로프 중 하나가 이성민과 야나에게 물었다. 이성민은 잠깐 동안 고민했다. 순순히 질문했을 때, 저들이 솔직하게 대답해 줄 가능성에 대해.

[그럴 리가 있냐?]

허주가 이죽거렸다.

이성민도 동감했다.

야나가 어떠한 반응을 보이기도 전에. 이성민의 몸이 한 줄기 번개가 되었다.

빠지지직!

뒤늦게 터진 소음과 함께 성문을 지키고 있던 라이칸슬로 프들이 피를 뿜으며 뒹굴었다.

이성민은 멈추지 않고 공중으로 도약했다. 그곳에는 아직 상황을 파악하지 못하고 두 눈을 멀뚱거리는 다른 라이칸슬 로프들이 있었다.

이성민은 양손으로 잡은 창을 천천히 아래로 겨누었다.

"······깔끔하군요."

야나가 중얼거렸다.

성벽 위에 선 이성민은 창끝에 묻은 피를 떨쳐내며 성벽 아 래로 떨어졌다. 그는 주저하지 않고 성문을 지났다. 성문 근처 에 있던, 사람으로 보이는 경비병들이 얼떨떨한 표정을 지었 다. 이미 소란은 벌어졌다.

이성민을 중심으로 뻗어져 나간 드래곤의 로어가 경비병들 을 기절시켰다.

"우선 네로라는 놈을 만나 봅시다."

"예."

야나가 머리를 끄덕거렸다.

뱀파이어 퀸이 저택에 틀어박힌 것은, 주원으로 하여금 행 동의 자유를 얻게 만들었다.

무신이라는 인간과 싸워보고 싶다고 도시를 떠난 주원은

반년이 넘도록 돌아오지 않고 있었다.

그동안, 네로는 주원이 남긴 말을 명심하고 지켜왔다.

그냥 있는 것.

체페드의 중앙지구. 영주의 저택은 10년 전부터는 주원의 것이었고, 반년 전부터는 네로의 것이었다.

네로는 그 거대한 저택의 한가운데에서 양손으로 얼굴을 덮고 있었다.

그냥 있으라고 했다, 그냥. 지금 같은 상황에서도 그냥 있어야 하는가? 체페드를 습격한 놈은 단둘.

실질적으로 날뛰고 있는 것은 창을 휘두른다는 놈뿐. 차라리 누구인지 모른다면 좋았을 텐데. 도시를 습격한 둘은 너무 유명해서, 네로가 도저히 모를 수 있는 상대가 아니었다.

어르무리의 구미호 야나. 예전, 프레데터의 검은 별 중 하나였던 요괴 두령 적귀의 심장을 뽑은 장본인.

당시 어르무리를 지배하던 적귀는 야나의 도전을 받았었다. 비록 적귀가 프레데터의 검은 별 중에서는 약한 축에 들었다고 해도, 둘 사이에 벌어진 싸움은 싸움이라고 할 수 없을 정도로 일방적이었다고 했다.

그리고, 귀창 이성민.

'게르무드에서 봉인이 풀어진 지 일주일도 안 되었는데. 대체 어떻게 게르무드에서 여기까지 온 거야?'

봉인이 풀어졌다는 것은 알고 있다. 네로의 수하인 라이칸슬로프들 중 일부도 라오셴과 함께 봉인을 풀기 위해 게르무드로 내려갔었기 때문이다.

귀창 이성민이 데스나이트 군주인 볼란데르를 쓰러뜨렸다는 것은 에리아 전역에 퍼진 소문이다.

네로는 한숨을 푹 내쉬었다.

그가 아무리 주원의 심복으로서, 손에 꼽힐 만한 힘을 가진 라이칸슬로프라고는 해도. 데스나이트 군주인 볼란데르와는 가진 힘이 비교가 되지 않는다.

게다가 야나까지 이성민을 돕겠답시고 뒤에 함께 움직이고 있으니. 체페드의 모든 라이칸슬로프를 긁어모은다고 해도 저 둘을 막는 것은 불가능할 것이다.

라이칸슬로프는 호전적이다.

그 말은 맞다. 그들은 인간이면서 짐승에 가깝고, 짐승 중에서도 난폭하고 투쟁적인 짐승의 본성을 가지고 있다.

하지만 모든 상황에서 그런 것은 아니다. 특히 네로는 난폭하거나 투쟁적이기보다는 이성적이고 계산적이었다.

그렇기에 네로는 주원의 심복이 될 수 있었다.

'아무것도 하지 마라……'

네로는 몸을 일으켰다. 그의 저택에는 라이칸슬로프들이 모여 있었다. 네로가 명령만 한다면, 그들은 주저 없이 저택을 뛰

쳐나가 이성민과 야나와 싸우다가 죽을 것이다.

네로는 그런 명령을 내릴 생각은 없었다. 아무것도 하지 말라는 주원의 명령을 떠올린다.

주원은 자신이 없는 동안 이 도시가 변하는 것을 바라지 않았다.

반년 동안, 네로는 그런 주원의 명령대로 도시의 뒷배에 서 있어 왔다.

이성민과 야나와 맞선다면 이 도시의 라이칸슬로프들은 전멸이다.

그래서는 안 된다. 네로는 한숨을 내쉬며 명령을 기다리는 라이칸슬로프들에게 명령했다.

"손님 맞을 준비를 해라."

그 말에, 라이칸슬로프들이 크릉거리는 소리를 내며 수화를 시작했다.

네로는 그것을 보며 양손으로 얼굴을 덮었다.

아, 이렇게 말하면 못 알아듣지.

손님 맞을 준비.

네로는 그 뜻 그대로 말을 한 것인데, 라이칸슬로프들은 전혀 다른 의미로 받아들인 것이다.

"아니······ 그냥 그대로 있어. 진짜 손님으로 맞이할 생각이 니까."

표정에 불만이 묻어나오기는 했지만, 라이칸슬로프들은 네로의 명령에 불복종하지는 않았다.

라이칸슬로프들 사이에서 위계질서는 절대적이다. 물론 그 중에서도 예외가 있어서, 이전 두령이었던 호원이 주원에게 죽임당하기는 했지만.

네로가 단순히 이성적이고 계산적이어서 주원의 심복이 될 수 있었던 것은 아니다.

그만한 힘이 있기에 주원은 네로에게 이 도시를 맡겼다.

라이칸슬로프들의 모습이 사라졌다.

더 이상 습격이 오지 않자, 이성민은 야나를 힐긋 돌아보았다.

"함정일 수도 있습니다."

"그렇겠지요."

야나의 말에 이성민은 머리를 끄덕거리며 동의했다.

함정임을 알아도 멈출 수는 없었다. 이성민에게 있어서 백소고는 그만큼 중요한 존재였다.

네로가 어디에 있는지는 안다. 중앙지구의 영주 관저. 예전에는 도시 안에서 이동하는 것에도 마차를 탔었지만, 지금은 아니다.

이성민은 경공을 펼쳐 단숨에 저택의 관저를 향해 뛰었다. 그 뒤에서 야나가 아홉 개의 꼬리를 늘어뜨리며 이성민을 따랐다.

영주 관저의 문은 활짝 열려 있었다. 함정치고는 너무 노골적이지 않나. 이성민은 그런 생각을 하면서 등에 걸친 창을 잡았다.

"싸울 의사는 없습니다."

문을 지나 도착한 저택의 홀. 라이칸슬로프들이 홀 전체에 빙 둘러 서 있었다.

이성민은 우두커니 서서 홀의 맞은편에 서 있는 라이칸슬로프를 보았다.

갈색의 장발을 목 뒤에서 한 가닥으로 묶어서 내려뜨린 라이칸슬로프는, 여태까지 이성민이 보았던 라이칸슬로프들과 여러 가지로 다른 인상을 주었다.

그는 육체가 우락부락하지도 않았고, 야성미 넘치는 옷을 입고 있지도 않았다. 머리카락부터 잘 정돈되어 있었고, 입은 옷은 구김이 적어 각이 잡혀 있는 검은 턱시도였다.

반무테의 안경 너머로 가느다란 눈이 보인다. 그는 사심 없는 미소를 지으며 이성민을 향해 살짝 머리를 숙였다.

"실제로 보는 것은 처음이군요. 저는 네로라고 합니다. 주원님이 부재중인 동안 이 도시를 맡고 있지요."

"······싸울 의사가 없다?"

이성민은 미간을 살짝 찡그리며 물었다.

"이해가 안 되는데. 나는 무턱대고 이 도시를 습격했고, 이곳까지 오는 길에 꽤 많은 라이칸슬로프들을 죽였습니다."

"안타까운 일이지요."

네로는 진심을 담아 그렇게 말했다. 그는 죽은 라이칸슬로프들에게 애도를 보내는 것처럼 양손을 가슴 앞으로 모았다.

"그래서, 이 선에서 끝내자는 겁니다. 더 이상 안타까운 죽음이 일어나는 것을 보고 싶지 않으니까요."

"끝내자?"

"당신에게는 원하는 것이 있을 겁니다."

네로가 확신을 담아 말했다.

"그렇기에 이런 일을 벌이는 것 아닙니까. 설마, 귀창. 당신이 프레데터의 힘에 정면으로 도전하고 싶어서······ 이런 일을 벌이는 것은 아니겠지요?"

마치 떠보는 것 같은 질문이었다.

"만약 그런 것이라면, 지금이라도 마음을 바꾸는 것을 추천드리겠습니다. 이 도시의 라이칸슬로프들은 당신을 막을 수 없습니다만, 그렇다고 프레데터 전체가 당신을 막을 수 없는 것은 아니니까요."

이건 협박인가.

"사람을 찾고 있습니다."

이성민은 네로를 빤히 보면서 말했다.

"1년 전에. 이 도시에…… 묵섬광 백소고가 왔을 겁니다. 기억하고 계십니까?"

"……묵섬광 백소고?"

네로의 머리가 빠르게 돌아갔다.

그는 1년 전의 기억을 떠올렸다. 묵섬광…… 백소고. 아. 네로의 두 눈이 크게 떠졌다.

"그녀를 찾기 위해 이곳에 온 겁니까?"

"예."

이걸 뭐라고 말해야 하는 것일까.

네로는 잠깐 동안 고민했다.

그리고 그런 네로의 모습을 이성민은 놓치지 않았다. 가슴 깊은 곳에 있던 불안감. 그것이 부푼다.

그 소름 끼치고 역겨운 감정에 이성민은 빠득 이를 갈았다.

이번에도, 야나는 이성민을 말리지 못했다. 전류가 튀기는 것이 늦다. 이성민은 어느 틈엔가 네로의 목을 향해 손을 뻗고 있었다.

이전의 라이칸슬로프들은 이성민의 속도에 반응하지 못했다. 하지만 네로는 아니었다.

그는 기겁하며 상체를 젖히고 다리를 움직여 뒤로 쭉 물러섰다.

쉭.

네로의 목을 틀어쥐려는 이성민의 손이 허무하게 허공을 잡았다.

피해?

이성민의 몸 안에서 우릉거리며 벽력의 소리가 울렸다. 내공과 요력이 몸을 일으킨다.

찌지지직!

기혈을 타고 흐른 전류가 이성민의 속도를 더욱 올렸다.

"자, 잠깐⋯⋯."

네로가 급히 양손을 들었다.

빠바바박!

삽시간에 터진 연타가 네로의 몸을 뒤로 쭉 밀어냈다. 그러자 홀을 빙 둘러 서 있던 라이칸슬로프들의 표정이 바뀌었다.

네로가 가만히 있으라고 명령했지만, 그렇다고 해서 임시나마 우두머리인 네로가 공격당하는 것을 보고 무시할 수는 없었다.

라이칸슬로프들이 짐승의 울음을 터뜨리며 달려들려 하자 야나가 움직였다.

푸확!

그녀의 등 뒤에서 흔들리던 아홉 개의 꼬리가 홀 전체로 쏘아졌다.

야나의 꼬리가 홀 전체를 휘감았다. 야나는 나긋한 목소리로 경고했다.

"움직이지 마시죠."

그 꼬리 너머에서 라이칸슬로프들이 흉성 가득한 눈으로 야나를 노려 보았다. 그 사이에 네로는 앓는 소리를 내며 바닥을 뒹굴고 있었다.

이성민은 네로를 내려 보면서 내뱉었다.

"뭐하는 수작이지?"

"무…… 무슨 소리입니까?"

"일부러 맞고 있잖아. 나를 기만하는 거냐?"

"그게…… 당신과 싸우고 싶지 않다고 말하지 않았습니까……."

네로가 억울하다는 듯이 항변했다. 하지만 이성민은 그런 네로의 태도를 더욱 이해할 수가 없었다. 일부러 맞아 쓰러진 주제에, 네로는 그 와중에 치명적인 타격은 모조리 피하거나 막았다. 적당히, 맞아도 되는 공격만 맞고서 약한 척하며 땅에 뒹굴었다.

"……묵섬광 백소고에게 무슨 일이 있었던 겁니까?"

이성민은 네로를 내려다보면서 물었다. 네로는 여전히 머뭇거렸다.

"말해……!"

이성민의 얼굴이 일그러졌다. 네로는 급히 외쳤다.

"이, 일 년 전에. 이 도시에 주원 님이 있었을 적에. 묵섬광 백소고가 이 저택을 습격했습니다."

알려지지 않은 일이다. 이성민과 야나가 대놓고 도시의 성문부터 라이칸슬로프들을 제압하여 들어온 것과는 다르게, 묵섬광 백소고는 아주 은밀하게 이 도시로 숨어들어 왔다.

그녀는 도시를 경계하고 있던 라이칸슬로프들의 이목을 완전히 속이고 도시 안을 가로질러, 단번에 영주 관저 안까지 들어왔다.

"그녀는 주원 님의 목숨을 노렸지요."

주원의 방.

백소고는 그곳까지 들어갔다. 어울리지 않게도, 그녀가 택한 방법은 암살이었다.

주원이라는 괴물을 상대로 전면전은 승산이 없다는 것을 백소고는 이해하고 있었다. 방으로 들어선 주원은 방안에서 은신하고 있던 백소고의 존재를 알아차리지 못했고, 백소고의 손은 주원의 가슴을 꿰뚫었다.

만약 주원이 인간이었다면, 승부는 거기에서 끝이 났을 것이다.

심장이 찢겼음에도 주원은 죽지 않았다. 순식간에 상처를 재생한 주원을 보았을 때. 백소고는 자신의 패배를 직감했을 것이다. 하지만 백소고는 물러서지 않았다.

그녀는 그 어떤 일이 있다 하더라도 이곳에서 주원을 죽일 생각이었기에.

"……그…… 다음은?"

"묵섬광 백소고는 패했습니다."

네로가 이성민의 눈치를 보며 말했다.

"본래라면 죽여야겠지만, 주원 님은…… 묵섬광 백소고에게 흥미를 가졌습니다. 그것이 틈을 만들었지요. 결정적인 순간에 백소고는 주원 님의 손아귀에서 도망쳤습니다. 저희는 쫓아가 겠다고 하였지만, 주원 님은 그럴 필요가 없다고 하셨지요."

그럴 필요가 없다.

"……어째서……?"

"독입니다."

어떤 기억이, 이성민의 머리를 스치고 지나갔다.

흑룡협은 옆구리에 상처를 가지고 있었다. 엘릭서로도 치유 하지 못하는 상처.

북쪽 숲에서 김종현이 처음으로 대학살을 벌였을 때. 흑룡 협은 김종현을 막기 위해 이 숲에 왔었고, 주원도 그 숲에 있 었다.

이성민은 주원을 흑룡협에게 보내어, 그 둘이 싸우게 만들었었다.

흑룡협은 주원에게서 도망치는 것에 성공했지만, 주원과의 싸움에서 그의 독에 중독되었다. 드래곤의 강인한 몸뚱이로도, 엘릭서로도 그 독을 완전히 치유하지 못했다.

독.

그 독이 백소고에게도.

"쫓을…… 필요도 없이 죽게 될 것이라고. 주원 님은 그렇게 말하셨습니다."

제발, 제발.

이성민의 몸이 덜덜 떨렸다.

그래서. 백소고가 죽었다고? 주원의 독 때문에? 1년 전에 주원과 싸웠고, 주원의 독에 중독당했다고 했다. 1년…… 1년이라는 시간이 흘렀다면.

"아니야."

이성민은 떨리는 목소리로 중얼거렸다.

"그럴 리가 없어."

절대로 그래서는 안 된다.

"어디로…… 어디로 갔지?"

백소고가 죽어서는 안 된다.

"저, 저희도 모릅니다. 주원 님이 쫓을 필요가 없다고 했으니까……."

"말…… 말해라. 주원의 독. 그것을 해독하기 위해서는 어떻게 해야 하지?"

"그건 저도 잘……."

네로가 이성민의 눈치를 살피며 말했다.

어떻게 해야 하지?

이성민은 양손으로 머리를 감싸 쥐었다. 어떻게, 어떻게. 우선 백소고를 찾아야 한다. 죽었다면? 아니, 죽었을 리가 없어. 죽어서는 안 된다. 그래, 일단 백소고를 찾는 것이 먼저다. 그러니까…… 어떻게?

이성민의 눈에, 손목에 채워진 팔찌가 보였다.

이성민은 급히 요정마를 소환했다. 이성민이 요정마의 위에 올라타자, 야나도 이성민을 따라 그 뒤에 올라탔다.

"요정의 숲으로."

요정마가 공간을 뛰어넘었다.

스칼렛이나 오슬라로서는 조금 당황할 수밖에 없었다.

이성민과 야나가 요정마를 타고서 체페드로 가고 반나절이 채 지나지 않았다.

그 짧은 시간 만에 돌아온 이성민의 얼굴은 악귀처럼 일그러져 있었다.

스칼렛은 어깨를 바들거리며 떠는 이성민을 보면서 표정을 굳혔다.

"……무슨 일이 있었던 거야?"

심상치 않은 일이 있다는 것은 짐작하고서 스칼렛이 그렇게 질문했다. 이성민은 목소리를 가다듬으려 애를 썼지만, 아무리 노력해도 목소리는 진정되지 않았다.

결국 이성민은 포기하고서 무슨 일이 있었는가에 대해 스칼렛에게 알려주었다.

"이 미친……!"

모든 이야기를 듣고서, 스칼렛의 얼굴이 일그러졌다.

"왜 백소고에 관련된 일이라고 말하지 않은 거야……?!"

스칼렛은 그렇게 고함을 지르면서 자신의 손목에 채워진 팔찌를 내려 보았다. 이 팔찌는 므쉬의 산을 나가기 전에, 스칼렛이 백소고와 이성민에게 나누어 준 것이다.

세상 어디에 있든, 스칼렛이 원한다면 단편적인 정보들을 팔찌의 상대에게 전달할 수 있다.

대화하는 것은 불가능하지만 지금 그녀가 하려는 것은 백소고와의 대화가 아니었다.

위치만 알면 된다.

스칼렛은 팔찌에 마력을 불어넣으며 정신을 집중했다. 팔찌만 차고 있다면. 의사소통은 불가능하더라도 대략적인 위치 정도는 파악할 수가 있다.

이성민은 조금의 데자뷔를 느끼고 있었다.

이전에도 이런 경험이 있었다. 광천마가 만나고 싶어 했던 마을 처녀. 알라두르의 주술을 통해 찾는 것에는 성공했지만…… 팔찌의 주인은 무덤 속에 시체로 있었다.

설마, 이번에도.

이성민은 아랫입술을 잘근거리며 씹었다. 제발 이번에는 아니기를. 이성민은 간절히 그런 바람을 가졌다.

"……찾았다."

스칼렛의 두 눈이 떠졌다. 보다 확실하게 파악하기 위해 스칼렛은 두 눈을 감고서 정신을 더욱 집중했다.

"……다행이야. 죽지는 않은 모양이니까."

"그 말은……?"

"정상적인 상태는 아닌 것 같아. 그리고…… 여기는…… 으음……"

"어디입니까?"

이성민은 떨리는 목소리로 질문했다. 스칼렛은 조금 머뭇거리며 이성민을 보았다.

"……너도 가본 적이 있는 곳이야."

북쪽의 끝.

"뱀파이어 퀸의 저택."

순간, 다리에 힘이 풀렸다.

이성민은 비틀거리며 쓰러지려던 몸을 간신히 붙잡았다.

트라비아, 뱀파이어 퀸의 저택. 왜 백소고가 그곳에 있는 것일까. 그녀는 주원에게 도전했고, 패배했다. 주원의 독에 중독되어 간신히 체페드에서 도망쳤을 것이다.

그런 그녀가 왜 뱀파이어 퀸의 저택에 있단 말인가?

"……어쩌실 겁니까?"

오가는 이야기를 듣고 있던 야나가 물었다.

"묵섬광 백소고. 저는 그녀가 당신에게 어떤 의미를 가진 존재인지는 모릅니다. 하지만 당신이 이렇게까지 하는 것을 보면, 틀림없이 당신에게 소중한 존재겠지요."

이성민은 대답하지 않았다. 소중한 존재. 그것에 대해서는 굳이 생각할 것도 없었다.

므쉬의 산에서, 이성민은 백소고의 도움을 받았다. 백소고의 도움이 없었더라면 이성민은 그 산에서 버티지 못하고 죽었을 것이다.

그때, 백소고에게 배운 무영탈혼은 여태까지 몇 번이나 이성민의 목숨을 구해주기도 했었다.

백소고의 죽음을 막고 싶었다. 그래서 도플갱어의 던전으로 향했고, 그곳에서 위지호연의 도플갱어를 쓰러뜨렸다. 백소고의 죽음을 막았다.

게르무드에서. 백소고는 요괴가 되어 미쳐 날뛰는 이성민을 가로막았다. 만약…… 그때, 백소고가 이성민을 가로막지 않았다면 어떡했을까.

기억도 하지 못하는 상태로, 폭력의 본능만이 남아서. 끔찍한 일들을 저질렀겠지.

백소고가 이성민을 막아주었기 때문에 프라우가 이성민을 봉인할 수 있었다. 백소고가 없었더라면 이성민은 날뛰다가 토벌당해 죽었을지도 모른다.

생명의 은인.

사저.

백소고가 남겼던 편지들을 떠올린다.

"가겠습니다."

제니엘라와 만나는 것은 피해왔다.

그녀의 힘은 지금의 이성민으로서도 어쩔 수 없을 정도로 강력했고. 미래를 본다는 그녀의 능력이 너무나도 꺼림칙 했기 때문이다.

그래서, 봉인이 풀렸을 때. 라오센이 함께 북쪽으로 가자고 했을 때에 생각할 것도 없이 거절했다.

그 상황에서 라오셴이나 다른 뱀파이어들, 라이칸슬로프들을 죽이지 않은 것도 제니엘라와 충돌하고 싶지 않아서였다.

상황이 바뀌었다.

"함께 가겠습니다."

"나도 가."

스칼렛이 내뱉었다.

"네가 처음부터 백소고에 대한 일이라고 말했었다면, 처음부터 나도 갔을 거야."

"자리를 비울 수 없다고 하지 않으셨습니까?"

"10년 동안 내가 이 숲에서 뭘 했다는지 그새 까먹었어? 나 없는 동안 연구를 유지할 만한 제자 정도는 있으니까 걱정하지 마."

스칼렛은 그렇게 내뱉고서 이성민을 노려보았다.

"잠시 내 탑에 다녀올 테니까. 이번에도 나를 버리고 간다면…… 널 증오할 거야. 너만 백소고를 걱정하는 것은 아니니까."

"……알겠습니다."

이성민이 대답을 듣고서, 스칼렛은 휙 하고 몸을 돌려 부유 마법으로 자신의 탑으로 향했다.

"뱀파이어 퀸은 위험해."

침묵으로 이야기를 듣고 있던 오슬라가 입을 열었다.

"그녀는 이 세상, 에리아에서 태어났으면서 진정한 초월자에 가까운 존재야. 아니, 어떤 면에서 그녀는 초월자의 규격을 뛰어넘었어. 그나마 다행인 것이 오늘의 밤이 만월이 아니라는 것이지만."

오슬라는 그렇게 중얼거리며 하늘을 보았다. 아직 밤은 되지 않아, 달은 뜨지 않았다.

"만월의 그녀는 절대로 죽일 수 없어. 만월이 아니어도 죽이기 힘든 것은 마찬가지지만. 하지만…… 정말로 위험한 것은 그녀가 가진 불사력이 아닌, 뱀파이어라는 종에서 정점에 선 그녀의 압도적인 마력이야."

"그 정도로 강한 건가요?"

야나가 물었다. 야나는 아직까지 제니엘라와 직접 만나 본 적이 없었다. 그 말에 오슬라가 머리를 끄덕거렸다.

"어르무리의 구미호. 너도 어마어마한 힘을 가진 존재라는 것은 알겠지만, 그렇다고 해서 뱀파이어 퀸을 무시해서는 안 돼."

얼마 지나지 않아 스칼렛이 돌아왔다. 그녀는 진홍색의 화려한 로브를 입고서 화려한 장갑을 끼고 있었다.

스칼렛이 만들어 낸 레시르 학파의 마법은 스태프를 쓰지 않는다.

저 장갑이 그녀가 만들어낸 '주문각인'이라는 마법을 쓰는 것에 필요한 무구였다.

"나는 직접 갈 수가 없어."

오슬라가 시무룩한 얼굴로 말했다. 대신에. 그녀는 그 말을 덧붙이며 양손을 들었다. 색색이 화려한 빛의 입자가 그녀의 양손 가득 모였다.

"요정의 가호야."

오슬라가 양손을 높이 들어 올리자, 그녀의 손바닥 안에 가득 담겨 있던 빛의 입자가 이성민과 야나, 스칼렛의 머리 위에 쏟아졌다.

"뱀파이어 퀸의 정신 공격에서 너희의 정신을 보호해 줄 거야. 하지만 너무 과신해서는 안 돼. 나로서도 그녀의 힘을 완전히 막아낼 자신이 없으니까."

"감사합니다."

이 숲을 나가지 못하는 오슬라가 해 줄 수 있는 도움은 이 정도가 고작이었다. 이성민은 오슬라에게 깊이 머리를 숙이며 진심으로 감사를 표했다.

"감사합니다."

"죽지는 마."

오슬라가 시무룩한 얼굴로 말했다.

"련주는 너를 위해서 죽었어. 그리고 자신의 모든 것을 너에게 주었지. 너는…… 련주는 아니지만. 나는 너에게 련주의 모습을 보곤 해. 혹시 이게 불쾌해?"

"……불쾌하지 않습니다."

"걱정하지는 마. 그렇다고 련주를 좋아했듯이, 너를 좋아하지는 않을 거니까. 너는 련주랑 분위기도 다르고, 체격도 다르고. 얼굴도 련주랑 다르잖아. 나는 련주 같은 얼굴이 좋아."

"예……."

나름 진지한 분위기에서, 오슬라는 혀를 삐죽 내밀며 말했다.

이성민은 조금 당황했지만, 어색하게 웃으며 머리를 끄덕거렸다.

죽지는 마.

오슬라가 했던 그 말은 틀림없는 진심이었다.

죽고 싶지 않았다.

당연히, 이성민도 그랬다.

"셋이 타도되는 건가요?"

이성민은 요정마의 표정을 힐긋 보았다. 요정마는 아무런 반응도 보이지 않고 두 눈만 끔벅거리고 있었다. 타도 되는 모양이었다.

이성민은 요정마의 앞에 바짝 붙어 앉았고, 그 뒤에 스칼렛이 앉았다. 그리고 요정마의 엉덩이에 걸쳐서 야나가 앉았다.

"세 명이 한계네."

스칼렛이 투덜거렸다. 이성민은 제니엘라의 저택을 떠올렸다.

오늘만 해도 세 번째 공간도약이다. 예전에, 아벨이 말했었다. 요정마의 공간도약이라고 만능은 아니라고.

그 말대로였다. 제니엘라의 저택 근처에 내린 순간, 이성민은 강렬한 어지럼증을 느꼈다.

그는 휘청거리는 몸을 바로 세우고서 가볍게 숨을 몰아쉬었다. 머리가 조금 지끈거렸다.

그것은 야나도 마찬가지였다. 그녀는 창백한 얼굴을 좌우로 흔들면서 중얼거렸다.

"……굉장히…… 불쾌하네요."

"오늘만 해도 세 번째잖아."

처음인 스칼렛은 멀쩡해 보였다.

"그 어마어마한 거리를 연달아 세 번이나 뛰어넘었는데. 당연히 몸에 무리가 가지. 오늘은 세 번으로 그치는 것이 좋을 거야. 그 이상 했다가는 육체랑 정신이 완전히 분리될 수도 있거든."

"그게 무슨 뜻입니까?"

"말 그대로지. 백치가 되어버린다는 거야. 아니면 반대가 되거나. 육체는 공간의 틈 사이로 사라지고, 정신만이 도약에 성공해서…… 응, 쉽게 말하면 유령이 된다는 거지. 궁금하면 한

번 더 해볼래?"

"아니요."

이성민은 즉답하고서 호흡을 골랐다. 지끈거리는 두통은 얼마 지나지 않아 완전히 가라앉았다. 그는 숙였던 몸을 일으키고서 제니엘라의 저택을 노려 보았다.

그 붉은 저택은, 10년 전과 비교해서 외관상으로는 변한 모습이 보이지 않았다. 이성민은 천천히 저택의 정문을 향해 다가갔다.

아까는 체페드, 지금은 트라비아. 하지만 아까와는 마음속으로 느끼는 무게감이 다르다. 체페드에는 주원이 없었다. 하지만 이 저택에는 제니엘라가 있다.

이성민의 손이 정문에 닿았다.

"귀창."

정문 너머에서 누군가가 이성민을 불렀다.

"라오셴이 성공했다는 이야기는 들었었지. 그리고, 그대에게 요정마가 있다는 것도."

정문의 문이 열렸다.

그곳에 선 것은 자그마한 체격의 소녀였다.

"결국 이렇게 올 거면서, 왜 게르무드에서는 라오셴의 제안을 거절한 거야? 라오셴도 아프게 만들고서 말이야."

"······누구?"

"퀸의 자식 중 하나지."

소녀가 방긋 웃으며 말했다.

"왜 이곳에 온 것인지는 알고 있어. 퀸이 데리고 있는 무림인. 묵섬광 때문에 왔겠지?"

그 말에 이성민의 표정이 바뀌었다. 이성민이 성큼 앞으로 나서자, 소녀가 재빨리 양손을 들어 올렸다.

"워, 워. 너무 흥분하지는 마. 우리는 그 여자를 극진히 모시고 있거든. 퀸이 그렇게 명령하기도 했고."

"······대체 왜?"

"너에게 있어서 그 여자가 소중하다는 것을 알았으니까. 우리 퀸은 참 짓궂거든. 그리고 운도 꽤 좋았지."

그때의 제니엘라는 미래안을 잃기 전이었다.

"퀸을 너무 원망하지는 마. 퀸이 봐주지 않았더라면 그 여자는 주원의 독에 중독되어 옛적에 죽었을 거야."

"······독은······ 치료한 건가?"

"아니, 그건 불가능해. 주원의 독은 주원 본인조차도 해독하는 것이 불가능하거든. 우리 위대한 퀸도 마찬가지야. 퀸이 한 것은······ 중독이 너무 진행되지 않도록. 그 여자를 죽이지 않도록 돌봐준 것뿐이지. 그것으로도 대단한 은혜 아닌가?"

빠득.

이성민은 아랫입술을 씹으며 소녀를 노려보았다. 소녀는 이성민의 살벌한 시선을 받으며 어깨를 으쓱거렸다.

"소개가 늦었네. 나는 제미니야. 퀸의 첫 번째 혈족이지. 자, 이리로 들어와. 그 인간을 만나기 위해 온 것 아니야?"

"왜 퀸은 나오지 않는 것이지?"

이성민은 제미니를 노려보며 물었다. 그 말에 제미니는 큭큭 웃으며 몸을 돌렸다.

"왜? 퀸을 만나고 싶어?"

가능하다면 만나고 싶지 않다.

"너무 서두르지는 마. 모든 일에는 순서가 있는 법이니까. 우선…… 네가 만나고 싶어 하는 사람을 만나게 해줄게. 다른 이야기는 그 뒤에 하는 것이 좋지 않을까. 그래, 굳이 말하자면…… 우리와 너의 관계라던가."

프레데터와의 관계.

"손님이 많네. 설마 어르무리의 구미호까지 끌어들일 줄은 몰랐어. 그리고…… 적색 현자까지. 누가 보면 퀸을 죽이러 온 것인지 착각할 정도야."

아니겠지?

제미니는 머리를 돌리며 웃었다.

이성민은, 저 자그마한 소녀에게서 제니엘라와 같은 위험함을 느꼈다.

대부분의 뱀파이어는 다른 뱀파이어에 의해 탄생한다. 흡혈의 과정에서 뱀파이어가 희망한다면, 흡혈 대상의 의지와는 상관없이 뱀파이어로 변이하게 된다.

세상에는 그런 식으로 태어난 뱀파이어들이 대부분이다.

하지만 모든 뱀파이어가 그런 것은 아니다. 이 세상에 존재하는 모든 뱀파이어는 한때는 인간이었다.

그중에서 다른 뱀파이어에게 피를 빨리지 않고 뱀파이어가 된 존재들. 드물게, 그런 일이 일어나고는 한다.

2차 성징을 겪는 것처럼, 혹은 병에 걸리는 것처럼. 자고 일어나 보니 첫 몽정을 겪거나, 감기에 걸리는 것처럼 대수롭지 않다는 듯이.

뱀파이어와의 접촉도 없었는데, 멀쩡하던 사람이 갑자기 뱀파이어로 변하는 경우가 있다.

그렇게 태어난 뱀파이어를 순혈(純血)이라고 한다. 바로 전날까지만 해도 인간이었다고 해도, 뱀파이어로 변이한 이상 인간으로서의 사고는 남지 않는다.

전염성 뱀파이어의 경우에는 인간의 사고방식이 강하게 남아 흡혈 행위에 고생을 겪곤 하지만, 순혈 뱀파이어에게는 그런 일이 없다.

그들은 뱀파이어로 변이함과 동시에, 그들이 얻은 피와 마찬가지로 순수한 뱀파이어가 된다.

그렇게 탄생한 순혈 뱀파이어는 변이한 순간부터 강력한 괴물의 힘을 갖는다.

전염으로 태어난 뱀파이어는 자신을 전염시킨 존재에게 거역하기가 힘들다.

무조건적으로 그런 것은 아니지만, 혈족의 최상위에 있는 순혈 뱀파이어는 자신의 피에 비롯된 하위 혈족들에게 있어서 절대적인 명령권을 가지고 있다.

혈족이란, 한 명의 순혈 뱀파이어에게서 시작되는 클랜이다.

로드인 뱀파이어 퀸, 제니엘라는 많은 혈족을 두었다. 하지만 그녀에게서 비롯된 혈족의 뱀파이어들은 거의 파악되어 있지 않다.

'첫 번째 혈족.'

제니엘라가 뱀파이어가 되고서 처음으로 만든 뱀파이어. 이성민은 앞에서 사뿐거리며 걷고 있는 제미니의 등을 보았다.

그녀의 체구는 무척이나 작다. 오슬라와 비슷할 정도다. 하지만 제미니에게서 느껴지는 불길함은 제니엘라와 버금갈 정도였다.

[제미니. 제니엘라의 첫 번째 혈족…… 나조차도 본 적이 없는 놈이다.]

'그래?'

[제니엘라는 이 어르신이 죽기 전에도 이것저것 감추고 있는 것이 많았어. 사실 그보다는, 이 어르신과 제니엘라 사이에 큰 접촉이 없었던 탓도 크겠지만.]

살아 있을 적의 허주는 남쪽을 자신의 영지로 삼았다. 그 시절부터 제니엘라는 북쪽 트라비아에서 내려오지 않았다니, 허주와 제니엘라가 직접 대면할 기회는 그리 많지 않았을 것이다.

[대분의 인외가 그렇겠지만, 인외에게 있어서 살아온 시간은 힘의 척도가 된다. 인간과는 다르게 인외는 긴 시간을 살았다고 해서 노쇠해지지 않아.]

제미니가 제니엘라의 첫 번째 혈족이라면. 제니엘라와 비슷할 정도의 긴 시간을 살아왔다는 말이다.

[단순히 오래 산 것이 전부가 아닌 모양이로군. 제니엘라는…… 저 꼬마 계집에게 많은 공을 들였어. 처음 변이시킬 때부터 상당한 힘을 준 것일 테지. 이 어르신도 꽤 많은 로드들을 만나 보았지만, 저 꼬마 계집은 그들보다 압도적으로 우월한 힘을 가지고 있구나.]

프레데터.

그들과 처음 엮인 것은, 처음으로 북쪽에 왔을 적이다. 북쪽에서의 귀인과 만나기 위해서.

그 이후로 이성민은 프레데터와 계속해서 엮여 왔다. 하지만 그 시절 이성민의 주적은 천외천이었다.

천외천과의 계속된 충돌 덕에, 이성민은 천외천의 힘을 반 토막 낼 수 있었다. 육존자 중 셋이 이성민에게 죽었고, 창왕 과 흑룡협은 이성민과 연관되고서 무신을 배신했다.

월후는 사마련주에 의해 죽었다. 10년이 흘러 어떻게 되었 을지는 모르지만, 이성민이 봉인되기 전에 천외천에 남았던 것 은 무신과 도존, 영매뿐이었다.

김종현과 볼란데르가 죽었다. 데스나이트 군단은 와해 되었 다. 하지만 그렇다고 해서 프레데터의 힘이 약해졌는가? 그것에 대해서, 이성민은…… 도저히 그렇다고 대답할 수가 없었다.

천외천에는 육존자라는 확실한 적이 있었다.

프레데터에도 검은 별이라는 다섯의 인외의 정점들이 있다. 뱀파이어, 라이칸슬로프, 데스나이트, 리치, 요괴.

그중 아크리치 아르베스와 요괴 두령 적귀, 데스나이트 군 주 볼란데르는 죽었다.

천외천과 프레데터의 결정적인 차이.

[머릿수.]

허주가 이죽거렸다. 적귀가 죽었어도 프레데터에는 인간에 서 변이한 요괴들이 다수 존재한다.

아르베스가 죽었어도 많은 리치가 있다. 게르무드에서 퇴각 한 데스나이트들도 다시 프레데터로 돌아왔을 것이다.

'천외천은 프레데터의 자비로 인해 연명하고 있었다…….'

제니엘라가 웃는 목소리로 외치던 것을 기억한다. 제니엘라
는 천외천의 힘이 껄끄러워 내버려 두었던 것이 아니다.

있어도 별 위협이 안 되어서. 천외천이 프레데터의 적이 아
니어서, 제니엘라가 바라는 미래에 천외천이 존재하고 있어서.

"우리의 관계."

제미니는 정원을 가로질렀다.

"우리는 귀창. 당신에게 꽤 우호적이야."

"네 뜻이 프레데터 전체의 뜻인가?"

"내 뜻은 퀸의 뜻이지. 그리고 퀸의 뜻이 프레데터의 뜻이고."

제미니가 쿡쿡 웃었다.

"이성적으로 생각하는 것이 좋을 거야. 무엇을 얻고, 무엇을
잃을지. 그것부터 따져보는 것이 거래와 관계의 기본 아닐까?"

"네가 무엇을 줄 수 있다는 말이지?"

"너에게 무언가를 줄 수 있는 것은 내가 아닌 프레데터야.
하지만…… 너에게 무엇을 줄 수 있을지는 퀸의 첫 번째 자식
인 나도 말할 수가 있지. 우선, 지금 당장 너의…… 아니, 너희
의 목숨을 보장해 줄 수가 있어."

"그건 듣고 넘기기 힘들군요."

입을 연 것은 야나였다. 그녀가 목소리를 냈을 때, 제미니에
게서 발해지던 흉악한 불길함이 야나의 요력에 침범되었다.

"어르무리의 구미호. 당신이 강하다는 것은 나도 알아. 하지

만 이 도시에는 퀸의 모든 혈족이 있어. 바란다면 라이칸슬로프들이나 리치도 몰려오겠지. 당신이 더해진다고 해서 프레데터 모두를 감당할 수 있을 것 같아?"

"제 목숨을 바친다면 저분만큼은 도주시킬 수 있을 겁니다."

"그렇군. 당신은 자신의 목숨보다 귀창을 소중히 여기는구나. 왜일까, 당신과 귀창 사이에 어떤 인연이 있었기에 가진 목숨조차 포기하게 만드는 것이지? 아니면 귀창 안에 있는 허주 때문인가?"

제미니가 즐거운 목소리로 중얼거렸다. 야나는 굳이 대답하지 않았다.

"당신이 목숨을 버릴 정도로 과격하게 나온다면, 흠…… 좋아. 그럼 다른 것을 말하지. 귀창, 우리가 너에게 무엇을 줄 수 있냐고? 그건 너도 잘 알 텐데. 우리는 너에게 소중한 사람을 돌려줄 수가 있어."

백소고.

"1년 전에 우리는 퀸의 명령으로 묵섬광 백소고를 구했어. 그녀가 주원의 독에 죽지 않도록 최대한 조치를 하고, 유지해 왔지. 그녀를 뱀파이어로 만들지 않고서 말이야."

제미니의 걸음이 멈춘 것은 정원의 뒤쪽. 많고 많은 별채 중 하나였다.

"우리는 언제고 그녀를 뱀파이어로 만들 수가 있어."

제미니가 고개를 돌려 이성민을 보았다.

"인간이 뱀파이어가 되면 어떻게 되는지 알아? 사고방식이 바뀌게 돼. 처음에는 저항감이 있지만, 흡혈을 한 번 하기 시작하면…… 키키, 그 후부터는 아주 매끄럽지."

무슨 말을 하는 것인지 안다. 검귀가 미치던 것을 보았고, 혈천마가 미쳐 버린 것을 보았다.

"그건 아주 새로운 절망감을 너에게 줄 거야. 네가 기억하던 사람이 완전히 다른 괴물이 되어버리는 것이니까."

그 말은 이성민을 자극하기에 충분했다.

하지만, 폭발하지 않았다. 참아라. 이성민은 이를 악물고서 터지는 감정을 눌러 삼켰다.

제미니는 일그러지는 이성민의 표정을 힐긋거리며 저택의 문을 열었다.

"당신 혼자만 들어 와."

"어째서?"

"왜? 두려워? 걱정 마, 나는 당신에게 해를 끼치지 않을 거니까. 싫으면 말고."

제미니가 이죽거리며 문고리를 다시 당긴다. 열리던 문이 닫혀갔다. 이성민은 그런 제미니의 태도에 주먹을 꽉 쥐었다.

"알았다."

"하지만……"

이성민의 대답에 스칼렛과 야나가 놀랐다. 하지만 방법이 없지 않은가.

"그래야지."

제미니가 히죽 웃으며 다시 문을 열었다.

문 너머, 길게 이어진 복도에서는 죽음의 냄새가 풍기고 있었다. 피 냄새. 썩어가는 살점의 냄새. 뒤섞인 역겨운 악취가 공기 중을 떠돈다.

이성민은 창백하게 질린 얼굴로 제미니를 노려보았다. 그가 뭐라고 쏘아붙이기 전에, 제미니가 먼저 말했다.

"최선을 다하고 있었어."

제미니가 복도를 걷는다.

"인간임을 유지하면서 독의 진행을 막았지. 주원의 독은 아주 강력해. 아주, 아주. 특히나 인간에게 강력하지. 인외의 힘은 인간을 죽이고 먹기 위해 발달하는 것이니까."

반인반룡인 흑룡협조차도 주원의 독으로 인해 고생했다.

"여기서부터가 중요해."

복도의 끝. 제미니는 주저하지 않고 닫힌 문을 열었다.

"우리는 당신에게 우호적이야."

방 한가운데의 침대를 본다.

새하얀 붕대를 감은 여인이 누워 있었다. 백의를 입고, 백색 이불을 덮은 모습으로. 이성민은 우두커니 서서 그녀를 보았다.

귀를 기울이면 얕은 숨소리가 들렸다. 호흡할 때마다 뭐라 비유할 수 없는 비릿하고 역한 냄새가 났다.

독의 냄새. 이성민의 두 눈이 파르르 떨렸다. 창백한 안색에, 두 눈을 감고 있는 여인. 10년이나 흐른 탓일까, 아니, 독 때문이겠지.

백소고의 모습은 이성민이 기억하고 있는 모습보다 훨씬 초췌하게 변해 있었다.

"백소……."

이성민은 차마 그녀의 이름을 부를 수가 없었다. 제미니는 즐거운 표정으로 이성민의 반응을 보고 있었다.

사뿐거리며 걷던 그녀는 백소고의 침상 곁에 섰다. 제미니는 백소고의 희고 메마른 손등을 쓸어내리며 말했다.

"다시 말하지. 우리는 당신에게 우호적이야."

이성민은 대답하지 않았다.

누운 백소고의 모습을 본다.

감정의 동요는 당연했다. 하지만, 하지만. 그것에 무조건적으로 흔들려서는 안 된다.

이 상황에서 칼자루를 쥐고 있는 것은 제미니. 백소고의 목숨을 잡고 있는 이상 이성민은 제미니의 바람대로 끌려가는 수밖에 없다.

그래, 언제나 그랬던 것처럼. 생각해라. 이성민은 거칠게 동요하는 감정 속에서 이성의 날을 세우려 노력했다.

제미니가 바라는 것. 백소고가 저곳에 있는 이유. 왜 제니엘라는 백소고를 사로잡았는가. 왜 제니엘라는 모습을 보이지 않는가?

다른 관점으로 봐야 한다. 이 상황에서 몇 걸음 물러서서. 동요하지 마. 이성민은 자기 자신에게 소곤거렸다.

제미니의 의도대로 행동해서는 안 된다. 이미 그녀는 판을 깔았고, 이성민은 그 위에 올라갔다.

여기서 아무리 발악해 봤자 제미니가 바라는 대로 생각하고 움직이는 것밖에 안 된다.

그렇게 마음먹은 순간, 이성민은 강렬한 위화감을 느꼈다. 제미니의 대화에 이끌리고, 이 방 안에 가득 찬 죽음의 냄새. 독의 악취. 그것에 취해 느끼지 못했던 것을 느껴졌다.

'아, 그래.'

무슨 상황인지 이해했다.

"이상해."

학살포식의 출현을 바라 마다치 않던 것이 제니엘라다. 하지만 제니엘라는 10년 전의 게르무드에 없었다.

이성민의 봉인이 풀리는 것에 프레데터가 관여한 것은 틀림없는 사실이나, 봉인을 푸는 일에도 제니엘라는 직접 나서지 않았다. 그럴 만한 이유가 있었기 때문일 터.

"지금 이 순간에도 퀸은 모습을 보이지 않는군."

"나로서는 부족하다고 생각해?"

제미니가 눈을 빛내며 물었다. 이성민은 대답하지 않았다. 그럴 필요가 없다고 여겼다.

"뱀파이어 퀸은 나에게 말하곤 했었다. 내가 절망했으면 좋겠다고. 내 절망을 위해 그녀를 여기에 두었다는 건가? 그렇다면 왜 퀸은 모습을 보이지 않는 것이지?"

제미니가 킥킥거리며 웃었다.

"퀸은 어디에 있나?"

이성민의 손이 들렸다.

"그리고 사저는?"

꽈지지지직!

이성민의 손에서 자색 전류가 폭사했다. 제미니는 큰 소리로 웃었다. 공간이 찢긴다.

의도되었던 악취가 소멸했다. 침대가 들썩거렸다. 그 위에 누워 있던, 백소고의 모습을 하고 있던 것이 일그러지며 사라졌다.

"퀸은 나오지 않아."

바닥이 꺼지며 시커먼 어둠이 나타났다. 이성민과 제미니는 그 어둠 속으로 추락했다.

"그녀는 1년 전에 미래안을 잃었어. 학살포식의 출현이라는 미래를 더 이상 보지 못하게 되었지."

제미니가 웃는 목소리로 말했다.

"무슨 생각인지는 모르지만, 퀸은 자신의 저택 안에 틀어박혔지."

어둠 속에서 제미니의 두 눈이 빛났다.

"미래안을 잃기 전에, 퀸은 묵섬광에 대한 미래를 보았어. 그리고 우리는 묵섬광을 통해 10년 전에 네가 죽지 않고 게르무드에 봉인되어 있다는 것을 알아냈지. 퀸은…… 너에게 아주 많은 흥미가 있어. 그래서 너를 통해서 처박힌 퀸을 자극해 볼 생각이었는데…… 뭐, 상관없어. 네가 라오셴을 따라오지 않을까 봐, 묵섬광을 감금하고 있었으니까."

거짓말은 하지 않았어. 제미니가 천천히 바닥에 서며 말했다. 아득한 깊이까지 떨어졌다. 이곳에는 숨김없는 죽음의 냄새가 가득했다.

"자. 다시 이야기해 보자."

제미니가 양손을 펼쳐 보였다. 그녀의 등 뒤에, 굵직한 쇠창살 너머에 백소고가 쓰러져 있는 것이 보였다.

"퀸도, 프레데터도 아닌. 나랑 말이야."

으스대는 제미니의 앞에서.

이성민은 자신이 할 수 있는, 가장 냉정하고, 가장 확실하며, 가장 적극적인 행동을 했다.

제미니를 지나쳐서, 창살을 박살 내고 들어가, 백소고의 곁에 섰다.

"⋯⋯이봐."

제미니가 벌렸던 양손을 천천히 내리면서 뺨을 부풀렸다.

"이러면 재미없잖아."

그 말을 무시하며, 이성민은 백소고의 맥박을 짚었다.

6장
퀸

　투덜거리는 제미니의 말을 무시했다. 백소고의 맥박을 느껴
보았다. 얕다. 하지만 가늘지는 않다. 끊어지지 않을 질긴 맥
박이 길게 이어진다.

　그것을 느끼고서, 이성민은 조금 안심했다. 적어도, 조금 전
에 위쪽에서 보았던. 침상에 붕대를 칭칭 감고 있는 백소고의
모습보다는 지금의 백소고가 더 건강해 보였다.

　"재미없다고."

　제미니가 다시 한번 투덜거렸다. 이성민은 고개를 돌려 제
미니를 보았다. 제미니가 의도해서 만들었던 상황. 죽음의 냄
새가 가득 찬 저택과 방 한가운데의 침대.

　누가 보아도 병약해져 있던 백소고의 모습. 그 모든 것이 제
미니의 연출이었다. 그 연출로 인해, 이성민은 제미니가 의도

한 대화로 끌려다닐 수밖에 없었다.

"뭘 노리는 것이지?"

그것을 간파하고 판을 뒤집었다. 그렇게 할 수 있었던 것은 침상의 백소고에게서 느껴졌던 강렬한 위화감 때문이었다.

아니, 위화감의 근원지는 백소고가 아니었다.

공간 자체. 아니, 그것도 아니야. 이성민은 제미니를 노려 보았다.

"나와 이야기하자고 했잖아."

위화감의 근원은 제미니였다.

"나에게 무슨 짓을 했지?"

이성민은 제미니를 노려보며 물었다. 이 공간 자체가 잘못되어 있었다. 죽음의 냄새도, 누워 있던 백소고도. 제미니는 어깨를 으쓱거렸다.

"당신을 현혹했던 거야. 내가 가진 마안은 그런 종류거든. 꽤 강력하게 암시를 걸었는데…… 이런 종류의 힘에 익숙할 야나와 적색 현자도 저택 밖에 두어서 당신을 고립시켰고. 그런데도 어떻게 알아차린 것이지?"

오슬라가 내린 가호. 완전한 요괴로 각성하며 얻게 된 감각. 그것이 위화감을 느끼게 했다. 어느 순간부터 이성민은 제미니의 마안에 현혹되어 있었던 것이다.

[마안이라고?]

이성민의 머릿속에서 허주가 목소리를 냈다.

[이상하군. 마안을 가지고 있는 것은 순혈 뱀파이어 뿐이다. 저 계집은 제니엘라의 첫 번째 혈족이라고 하지 않았나? 어떻게 로드도 아닌 혈족의 뱀파이어가 마안을 가지고 있다는 것이지?]

이성민은 그것을 그대로 질문으로 하여 제미니에게 물었다. 그 말에 제미니가 이를 드러내며 웃었다.

"그래서 나랑 이야기해 보자고 한 거야. 퀸도, 프레데터도 아닌 나랑 말이지."

제미니는 무언가를 숨기고 있다. 아니, 숨기는 것보다는 어떠한 의도를 가지고 있다고 말하는 것이 옳을 것이다.

조금 전에도 그랬다. 이성민이 제미니를 지나쳐, 백소고에게 갈 수 있었던 것은. 제미니가 전혀 경계하지 않았기 때문이었다.

그것은 일반적인 반응과는 너무나도 달랐다. 암시를 주고 마안까지 사용하며 진짜 백소고를 감추려 했다. 그것이 간파되었음에도 제미니는 큰 경계를 보이지 않는다.

"나는 기본적인 혈족과는 달라."

앉을 곳도 없네. 제미니는 투덜거리면서 길게 늘어뜨린 자신의 머리카락을 손가락으로 꼬았다.

"나는…… 퀸과 같은 날에 뱀파이어로 변이했지. 수백 년 전에 말이야. 그 직후에 퀸에게 물려 혈족이 되어버렸지만."

제니엘라가 그렇듯, 제미니 역시 순혈 뱀파이어다. 그리고 제니엘라는 자신과 같이 뱀파이어가 된 제미니를 강제로 혈족으로 삼았다.

그렇기에 순혈 뱀파이어만이 가지고 있다는 마안을 제미니가 가지고 있는 것이다.

"혈족의 뱀파이어는 절대로 로드에게 반항할 수가 없어. 하지만 나는 다르지. 나는 퀸에 의해 뱀파이어가 된 것이 아니니까 말이야."

"……뭘 바라는 것이지?"

"내가 하지 못하는 것들에 대해 바라고 있지. 당신을 강제할 생각은 없어. 내가 하고자 하는 것은, 당신에게 이야기를 전하는 거야."

우선. 제미니가 손가락을 들어 백소고를 가리켰다.

"1년 전에 퀸은 주원에게 당해 도망치던 묵섬광 백소고를 사로잡았지. 약해진 그녀에게 마안을 걸어 게르무드에서 네가 죽지 않았다는 것을 알게 되었어."

"그래서?"

"퀸은 백소고를 사로잡았지. 그녀는 너를 절망시키고 싶었고, 백소고를 사로잡는다면 너를 구속할 수 있다고 생각했으니까."

제니엘라의 의도대로였다. 실제로 이성민은 백소고를 구하기 위해서 제니엘라의 저택까지 찾아왔다.

만약 백소고가 이곳에 없었더라면, 이성민은 절대로 제니엘라의 저택에 오는 일은 하지 않았을 것이다.

아무리 이성민이 학살포식의 육체를 가져 강해졌다고는 해도, 제니엘라는 이성민의 상상을 뛰어넘는 괴물이다.

"퀸은 미래안을 잃었어."

불쌍하게도. 제미니가 머리를 가로저었다.

"그것은 퀸에게 많은 절망감을 주었지. 타인에게 절망을 주는 것에는 익숙했었어도, 퀸은 자기 자신이 절망을 겪는 것에는 익숙하지 않았어. 수백 년 동안 보고, 바라고, 그렇게 되도록 의도해 온 것들이 완전히 보이지 않게 되었다는 것이 그녀를 절망시켰지."

그렇기에 제니엘라는 저택을 나오지 않게 되어버렸다.

"혈족의 뱀파이어들은 당황했어. 그들에게 있어서 퀸은 절대적인 존재였으니까. 사실 모든 프레데터가 그랬지. 아르베스가 죽고, 볼란데르가 죽고, 적귀가 죽었어. 우두머리 없는 요괴와 리치, 게르무드에서 흩어진 데스나이트들은 퀸에 의해 하나로 모였지. 라이칸슬로프의 왕인 주원은 애초부터 퀸의 수족과 다름없었고."

그 말을 하면서 제미니는 키득거렸다. 그녀의 모든 태도는 지금 이 상황에서 나누는 대화, 특히 제니엘라에 대한 이야기를 할 때 노골적으로 비웃음을 담고 있었다.

"수백 년 동안 침묵한 프레데터는 10년 전에 본격적으로 움직이기 시작했지. 혈마는 퀸의 두 번째 혈족이야. 먼 옛날 퀸이 거둔 무림인이었지. 라오셴을 마지막으로 한, 다섯의 상위 혈족은 수백 년 동안 살아오며 퀸의 주변에만 존재해 왔어."

여태까지는 그랬다. 수년 전에 혈마가 무림으로 나왔다. 사마련의 붕괴 후 분열한 사파가 혈마의 아래로 모여 혈맹을 이루었다.

"프레데터가 본격적으로 활동하기 시작했지. 퀸의 바람대로 말이야. 본래 혈마가 이끄는 혈맹은 무림맹을 무너뜨리고 무림을 장악할 생각이었어. 하지만…… 미래안을 잃은 퀸이 침묵하게 되면서, 프레데터의 모든 것이 멈춰버렸어. 사실 지금 시점에서 혈맹은 무림맹을 무너뜨리고 있어야 한다고."

혈맹과 프레데터 사이에 어떠한 관계가 있다는 것은 이성민도 알고 있었다.

하지만 혈마가 제니엘라의 혈족. 그것도 두 번째 혈족이라는 것은 이번에 처음 알았다.

"나에게 그 이야기를 하는 이야기가 뭐지?"

"여러 가지 이유가 있지만…… 그래. 이번 경우에는."

제미니가 몇 걸음 뒤로 물러섰다.

"시간 끌기지."

쿠우우우우웅!

커다란 진동이 공간을 뒤흔들었다. 이성민은 급히 백소고의 몸을 부축해서 세웠다. 됐다. 제미니가 짝짝 손뼉을 치면서 어린아이처럼 외쳤다.

"나는 너와 싸우고 싶지 않았거든."

진심으로.

"너와 싸워서 내가 얻을 것이 없잖아. 위험하기만 하고 말이지. 아, 묵섬광은 데리고 가도 좋아. 우리가 묵섬광을 데리고 있던 것은 너를 꾀어내기 위함이었고. 네가 이곳에 오게 된 이상 더는 묵섬광을 데리고 있을 필요는 없어졌어."

어둠이 흩어진다. 흩어지는 어둠의 틈바구니로 붉은빛이 번져나갔다. 아득한 공포의 마력이 공간을 뒤덮는다.

콰지직!

어둠을 뚫고 들어 온 것은 야나와 스칼렛이었다. 야나는 아홉 개의 꼬리를 활짝 펼쳐 제미니를 덮쳤다.

꺄악. 제미니는 웃으면서 비명을 질렀다. 하지만 꼬리가 제미니를 덮치기 전이었다.

"늦었잖아."

제미니가 칭얼거렸다.

야나의 꼬리를 가로막은 것은 두 명의 뱀파이어였다. 그들은 변이한 손을 뻗어 야나의 꼬리를 단단히 잡고 있었다.

"첸, 쿤. 너희 둘이 왔다는 것은, 퀸이 저택을 나왔다는 뜻이겠지?"

뱀파이어 중 한 명이 머리를 끄덕거렸다. 첸, 쿤. 둘은 쌍둥이로, 수백 년 전에 제니엘라에 의해 뱀파이어가 된 형제다. 각각 제니엘라의 세 번째, 네 번째 혈족이었다.

"이성민 님."

야나가 제미니의 뒤쪽에 있는 이성민을 보며 말했다. 그녀의 목소리에는 경계심이 가득했다.

상황이 좋지 않다. 이성민은 정신을 잃은 백소고를 품에 안고서 무영탈혼을 펼쳐 야나의 곁에 섰다. 제미니도, 첸도, 쿤도. 이성민을 막지 않았다.

제미니가 말했다.

시간 끌기가 목적이었다고. 이성민이 이 저택에 오고, 제미니를 만나서. 백소고를 만나러 가기까지. 이성민이 제미니의 마안의 위화감을 간파하고, 진짜 백소고를 만나는 것. 그리고 나누는 대화. 그 모든 것이 시간 끌기. 무엇을 위한?

"퀸."

야나는 꼬리를 뒤로 물렸다. 첸과 쿤은 그 자리에서 한쪽 무릎을 꿇고 앉았다. 제미니는 위를 올려 보며 환한 미소를 지었다.

꼬리를 뒤로 물린 야나는 긴장 가득한 얼굴로 위를 보았다. 스칼렛은 아랫입술을 잘근 씹으며 장갑을 낀 손을 느슨하게 쥐었다.

백소고의 얕은 호흡을 느끼며.

이성민은 하늘을 보았다. 산산 조각나 흩어지는 어둠의 파편은 밤이 무너지는 것처럼 보였다.

어둠을 무너뜨리며 붉은 마력에 휘감긴 존재가 천천히 내려온다. 붉은 머리카락을 길게 늘어트리며 내려오는 여왕은 몸에 휘감은 마력보다 더 붉은 두 눈으로 아래를 보고 있었다.

"제미니. 가끔 너는 장난이 짓궂어."

"모든 것이 당신을 위한 것인걸. 퀸."

퀸에 대한 이야기를 했을 때, 제미니는 노골적인 비웃음을 담았었다. 그러한 화법은 자연스레 어떠한 인상을 새긴다.

제미니가 퀸에게 거역하고 있다는 인상. 순혈 뱀파이어면서 퀸에게 물려 혈족이 되었다는 배경도. 미래안을 잃어 퀸이 절망하였다며 소리 내던 웃음소리도.

지금도, 제미니는 그런 웃음을 짓고 있었다. 하지만 제미니가 정말로 퀸에게 거역하고 있는가?

"1년 동안 나오지도 않고서. 그래서 내가 이렇게까지 하는 거잖아?"

그 말에 제니엘라는 피식 웃었다. 첸과 쿤의 경배를 받으며 제니엘라는 땅 위에 섰다.

그녀는 야나를 보았고, 스칼렛을 보았다. 그리고 백소고를 부축하고 있는 이성민도 보았다.

"오랜만이네요."

제니엘라가 웃으며 말했다.

이성민은 조금의 반가움도 느끼지 않았다.

"당신을 꾀어내는 것이 목적이었나?"

이성민은 제니엘라를 응시하며 질문했다. 그 말에 제니엘라는 피식 웃으며 어깨를 으쓱거렸다.

"내가 명령한 것은 아니에요. 제미니…… 나의 사랑스러운 첫 번째 딸은, 나의 다른 혈족들과는 많이 다르죠. 명령하지 않아도 행동하고, 짓궂어요."

"퀸도 내가 그러는 것을 좋아하잖아."

제미니가 키득키득 웃었다.

"절망하여 저택에 틀어박혀 있었다는데?"

"절망? 아, 그건 오해에요. 나는 절망 같은 것은 하지 않았어요. 심하게 당황했던 것은 사실이지만. 그야, 어쩔 수 없잖아요? 수백 년 동안 보아 온 미래가 닫혔는걸. 나는 더 이상 학살포식이 출현하는 미래도, 다른 미래도 보지 못해요."

어떻게 해야 할까.

야나, 스칼렛이 함께 있다. 정신을 잃은 백소고는 지금 상황에서 함께 싸워 줄 수가 없다.

"1년 동안, 많은 생각을 했어요. 하나 물고 보고 싶은 것이 있는데, 당신은 학살포식인가요?"

"10년 전에는."

"이상해…… 참 이상해. 나는 여태까지 여러 번 당신과 만났었어요. 그때마다 당신은 나에게 다양한 새로움을 주었죠. 내 직시의 마안으로 당신을 보았던 적도, 보지 못했던 적도 있었어요. 그리고 지금은…… 여전히 보이지 않아."

제니엘라는 그렇게 말하면서 머리를 기울였다.

"당신은 학살포식이었고, 각성했지만…… 내가 보았던 학살포식과는 다르군요. 내가 겪은 혼란은 이것이에요. 게르무드에서 당신이 폭주했다는 것으로, 나는 학살포식이 바로 당신일 것이라 생각은 했어요. 당신은 학살포식인가요?"

"10년 전에는."

이성민은 숨김없이 대답했다. 그 말에 제니엘라의 입꼬리가 쭈욱 올라갔다.

"1년 전의 나는 굉장히 큰 혼란을 겪었었죠. 당신이 학살포식이라면, 내가 보았던 학살포식은 뭐지? 혼란을 채 정리하기도 전에 나는 더 이상 미래를 볼 수가 없게 되었어요. 저택에서의 1년 동안, 나는 여태까지 내가 해 온 일들과 내가 보았던 미래에 대해 정리해 보았죠. 그리고 나름의 결론을 내렸어요."

그리고 오늘 당신이 왔네요. 제니엘라가 손을 들어 올렸다.

"당신은 내가 바라던 학살포식이 아니에요."

끔찍한 힘이 그녀의 손 위에서 회오리쳤다.

이성민은 직감했다.

제니엘라는 처음으로, 이성민을 죽이려 하고 있었다. 여태까지 단 한 번도. 제니엘라는 이성민을 위협한 적은 있었어도 진짜로 죽이려 든 적은 없었다.

하지만 지금은 아니다. 지금의 제니엘라는 이성민을 죽이려 하고 있었다. 지금 상황에서, 그것을 피할 수는 없다.

[어쩔래?]

허주가 물었다.

'해 봐야지.'

이성민은 창을 쥐었다.

이것으로 제니엘라와는 확실하게 적이 되게 된다.

새삼스러울 것도 없는 일이었다. 제니엘라가 바라는 것은 학살포식의 출현.

'진짜' 학살포식은 이성민에 의해 소멸했다고 하여도, 제니엘라가 바라는 것은 바뀌지 않는다.

실제로 제니엘라는 이성민이 진짜 학살포식이라는 것에 도달했고, 1년의 침묵을 통해 그녀 나름대로 답을 냈다.

제니엘라는 학살포식의 출현을 바랐을 때부터 이성민과 적이 될 운명이었다.

학살포식의 출현은 종언이고, 이성민은 종언을 막고자 하고 있으니까.

어깨에 머리를 기댄 백소고를 본다. 아직 그녀는 눈을 뜨지 않고 있었다. 고르게 내뱉는 숨…… 그것이 이성민을 안심시켰다.

만약, 백소고를 만나지 않은 상태에서 제니엘라와 그녀의 혈족들과 마주하게 되었다면.

이성민은 굉장히 답답한 상황 속에서 제니엘라와 싸워야 했을 것이다.

지금의 상황이 이성민에게 자유로운 것은 아니었다. 하지만, 적어도 지금 이성민의 곁에는 백소고가 있었다. 여기서부터가 중요하다. 어떻게 난관을 헤쳐 나갈 것인지.

[너 혼자라면 모르겠지만. 지금 네 곁에는 야나와 스칼렛이 있군.]

허주가 조언했다.

[야나의 전력과 제니엘라의 전력…… 어느 쪽이 우위일지는 대 봐야 알겠다만, 아마 높은 확률로 제니엘라가 야나를 압도

할 것이다.]

이성민의 생각도 그러했다. 야나가 강력한 힘을 가진 구미호인 것은 틀림없는 사실이나, 제니엘라는 그 끝을 알 수 없는 힘을 가진 뱀파이어 중의 뱀파이어다.

[제니엘라의 상위 혈족들. 이 어르신도 직접 보는 것은 처음이다만…… 제미니. 저 얄미운 계집애의 힘이 무척 뛰어나군. 경계하는 것이 좋을 게다.]

이성민은 살짝 머리를 끄덕거렸다. 이 상황을 만들어낸 것은 제미니다. 이성민이 저택에 오고, 제미니가 마중을 나왔다.

그녀가 백소고를 두고서 시간을 끄는 동안에 저택에 틀어박혀 있던 제니엘라가 나왔다. 시간 끌기, 단순한 시간 끌기…….

정말로 그런 것일까.

제미니에게는 다른 노림수가 있는 것만 같았다. 이성민이 제미니를 지나쳐 백소고를 구해냈을 때.

제미니는 이성민을 막지 않았다. 애초부터 그런 일을 경계하지도, 신경 쓰지도 않는 것만 같았다.

왜? 이런 상황이 된다면 백소고를 확보하고 있는 편이 절대로 유리할 텐데. 이성민과 제미니의 눈이 마주쳤다. 이성민의 마음을 아는지 모르는지, 제미니는 얄미운 미소만 지어 보였다.

"학살포식."

제니엘라가 입을 열었다.

"모든 것을 죽이고, 모든 것을 잡아먹고. 그것이야말로 학살 포식이라고 할 수 있겠죠. 알죠? 나는 예전부터 당신을 절망시키고 싶었어요. 몸뚱이는 요괴에 가까우면서 인간인…… 그런 모순을 안은 당신을. 어떻게든 인간으로 있고 싶어 하는 당신을 절망으로 무너뜨리고 싶었죠."

그것은 제니엘라의 가학적인 취향이었다. 여태까지 그녀가 삼은 혈족의 뱀파이어는 모두 그런 식이었다.

유일한 예외가 있다면 제니엘라의 첫 번째 혈족인 제미니뿐이다.

"지금도 그렇기는 해요. 절망으로 무너진 당신이 어떤 모습이 될지 궁금해. 그 요괴의 몸뚱어리에 걸맞게 포악한 요괴가 될까?"

제니엘라의 손이 앞으로 향했다.

"아무것도 지키지 못하고, 무력하게 방관하게 된다면. 당신은 절망할까? 그것도 꽤 재미있을 것 같지만."

"당신은 나를 학살포식으로 만들고 싶은 겁니까?"

"그것도 나쁘지는 않겠네요. 당신이 절망했을 때의 이야기지만."

제니엘라의 손끝이 튕겼다.

푸확! 시뻘건 마력이 불꽃이 되어 덮쳐왔다. 야나의 아홉 꼬리가 앞으로 튀어나갔다.

콰아아앙!

공간이 뒤흔들릴 정도의 충격과 함께 야나는 낮은 신음을 흘렸다. 아름다운 금빛이었던 꼬리의 끝이 붉게 젖어 있었다.

그 정도의 상처는 순식간에 재생되지만 제니엘라의 공격이 가진 위력에 야나는 상당히 놀랄 수밖에 없었다.

북쪽의 뱀파이어 퀸이 이렇게까지 강할 것이라고는 상상하지 못했기 때문이었다.

"스칼렛 님."

우선 이 상황을 돌파해야 한다. 요정마라는 이동 수단을 가지고 있기는 하지만, 네 명이나 타고서 공간도약을 하려면 어느 정도의 시간이 필요하다.

이성민은 부축하고 있던 백소고를 스칼렛에게 넘겨 주었다. 스칼렛은 머리를 끄덕거리며 빠르게 손을 움직였다.

그녀의 손이 스쳐 지나간 자리마다 영롱한 색을 발하는 룬 문자가 새겨졌다. 그녀가 독자적으로 만들어낸 강력한 방어 결계가 스칼렛과 백소고를 보호했다.

최소한의 안전이 확인된 뒤에 이성민은 창을 잡았다. 완전한 요괴로 각성하고서, 전력을 내야 하는 상황은 처음이었다.

이전에도 몇 번의 싸움이 있기는 했지만, 그것은 싸움이라고 하기에는 너무 쉬웠다.

하지만 지금은 아니다. 전력을 다하지 않는다면. 그래, 전력을 다하지 않는다면…… 제니엘라의 말대로 될 것이다. 무력하게, 지켜야 할 것을 잃고. 그렇게 절망하겠지.

[이제 와서 절망은 늦지 않냐?]

허주가 이죽거렸다.

이성민도 동감했다.

"퀸!"

상황을 보고 있던 제미니가 놀란 목소리로 외쳤다. 시종일관 웃던 제미니가 놀라서 경고할 만큼 이성민의 움직임은 폭발적이었다.

요괴의 육체. 학살포식의 육체다. 반드시 예정된 종언이자 사실상 에리아라는 이 거대한 사육장을 완전히 닫아버리는 최강이자 최악의 종언.

완전하지는 않다. 이 육체가 제대로 된 학살포식으로 기능하기 위해서는, 이 육체를 지배하는 것이 이성민이 아닌 학살포식이어야만 한다. 그렇다고는 해도.

10년 전의, 봉인을 끌어안고 있던 불완전하고 불안이 가득했던 몸뚱이보다는 훨씬 낫다.

보인다.

완전한 금색으로 변한 이성민의 두 눈에는 많은 것이 보이고 있었다. '전투'가 시작되고 전투에 임할 것을 마음먹은 순간.

이성민의 두 눈은 그 전에도, 그리고 10년 전에도 보지 못했던 많은 것을 보고 있었다. 마력의 움직임.

제니엘라가 가지고 있는 끝 모를 흉악함을 본다. 불길하기 짝이 없는 마력은 척 보기에도 10년 전의 김종현 이상이었으며, 볼란데르 또한 아득히 초월하고 있었다.

쿤과 첸. 그들을 본다. 그들이 가진 힘도 대단했다. 초월지경의 무인과 대등할 정도. 굳이 비교하자면 검존에 버금갈 정도였다.

제미니를 본다. 제미니의 힘도 놀라웠다. 쿤과 첸의 힘을 아득히 상회한다. 제니엘라만큼은 아니지만, 첫 번째 혈족이자 순혈 뱀파이어라는 것에 걸맞았다.

인정할 수밖에 없었다. 제니엘라가 소리높여 비웃었던 대로. 천외천은 프레데터의 자비로 연명하고 있었다.

프레데터 전체가 나설 것도 없이 제니엘라와 그녀의 혈족이 나섰더라면 천외천의 육존자는 이미 옛적에 몰살당했을 것이다.

그렇다고는 해도.

해야 한다는 다짐과.

할 수 있다는 확신.

이곳에서 쓰러진다면 모든 것이 끝이다. 그것을 위해 지금
까지 살아온 것은 아니다.

그런 결말을 위해 학살포식을 소멸시킨 것이 아니다. 그렇게
절망하기 위해 백소고를 구하러 이곳까지 온 것은 아니다.

사마련주라면.
아니, 나는.
너답게.
그래, 나답게.
창은 이미 들고 있다.

정면으로 찔러 들어 온 창을 향해 제니엘라는 손을 뻗었다.
그녀가 가진 끝 모를 불길한 마력은 손짓으로 일어나 공간을
잠식했다.

달이 뜨지 않은 밤이어도 그녀는 경이적인 힘을 가진 괴물
이었다. 하나, 제미니가 경고했던 대로.

제니엘라는 마력을 찢고 들어오는 창끝을 보았다. 과연. 그
찰나의 순간에 제니엘라는 미소를 지었다.

'학살포식.'

괴물은 괴물을 알아본다.

콰아아앙!

폭음과 함께 제니엘라의 몸이 뒤로 밀려난다. 이 충돌은 그
녀에게 상처를 입히지는 못했다.

그녀의 마력은 너무 진하고 질겼다. 물러서게 만든 것으로
충분하다. 이성민의 손에 쥐어진 창이 번쩍이는 빛을 발했다.

제니엘라를 보필하러 튀어나간 첸과 쿤이 창에 노출되었다.
그들은 굳은 표정으로 몸을 비틀었다. 변이한 양팔이 창로를
가로막는다.

그 정도로 막힐 공격이 아니다.

콰드득!

끔찍한 소리와 함께 둘의 양팔이 찢겼다. 창이 지나간 공간
이 거세게 일렁거린다.

어마어마한 요력과 내공을 쏟아부었음에도 조금의 두통도
느껴지지 않는다. 지금의 이성민은 자신의 힘을 완벽하게 다
루고 있었다.

더 많은 것이 보인다. 완전한 요괴가 된 것은 이성민에게 많
은 것을 주었다. 정확히 말하자면, 본래 가지고 있던 것을 완
전히 활용할 수 있게 해주었다.

드래곤의 마력도, 사마련주의 내공도. 그 모든 것이 이성민
의 몸 안에서 완벽하게 조율되어 있었다.

10년의 시간은 그의 몸뚱이를 완숙하게 만들었다. 육체는 완전하다. 그에 미치지 못하는 것은 정신의 무리(武理)뿐. 사마련주에 미치지 못한다고 해도.

그래도, 크게 부족하지는 않으니.

"만뢰."

이성민의 입술이 달싹거렸다. 창을 한 번 휘둘렀을 때, 그 궤적에서 자색 번개가 쉼 없이 쏟아졌다.

공간 전체가 번개에 휘감겼다. 제니엘라는 웃으면서 손을 들어 앞으로 펼쳤다.

제미니는 재빨리 제니엘라의 뒤편으로 몸을 숨겼다. 첸과 쿤도 마찬가지였다. 제니엘라의 앞에 새빨간 장막이 만들어졌다.

꽈, 꽈, 꽈, 꽈앙!

폭음이 계속해서 이어진다. 소리는 끊어지지 않았다. 멈추지 않고 쏟아진 번개가 쉼 없이 제니엘라의 장막을 때렸다.

이어서 창을 휘두르려던 이성민은 멈칫 굳었다. 창끝이 박살나 있었다. 창끝뿐만이 아니었다. 창대에도 균열이 가득했다.

'뭐이리 약해?'

아니, 내 힘이 너무 과했나? 그래도 나름 드래곤을 소재로 써서 만든 창인데. 몇 번 더 휘두르면 박살 날 것이 틀림없어

보였다.

셸게루스에게 한 소리 들을 것이 틀림없겠지만…… 이성민은 창에 더욱 힘을 불어넣었다.

창대가 파들거리며 떨렸다. 이성민은 창이 박살 나기 직전까지 내공과 요력을 불어 넣고서, 있는 힘을 다해 제니엘라의 붉은 장막을 향해 창을 던졌다.

푸확!

창이 쏘아진 공간이 산산이 찢겼다. 끊이지 않는 만뢰에 시달리면서도 붉은 장막은 아직 건재했다.

그 너머로 제니엘라가 웃는 모습이 보인다. 그녀는 장막을 세울 뿐 다른 공격은 하지 않았다.

그것이 조금 불안하기는 했지만, 기회는 만들어졌다. 이성민은 추가적으로 공격하려던 야나를 제지하고서 스칼렛과 백소고를 향해 뛰었다. 그리고 즉시 요정마를 소환해 그 위에 올라탔다.

"보내 줄게요."

제니엘라의 목소리가 등 뒤에서 들렸다.

"오늘은."

다음에는 아니라고. 제니엘라는 굳이 그것을 말하지는 않았다. 다시 보고 싶지는 않은데. 이성민은 그런 생각을 하며 요정마의 고삐를 잡았다.

네 명이나 올라탔음에도 요정마는 힘겨운 표정을 짓지 않았다. 그래도 어떻게 바짝 붙어서 타니 간신히 네 명이 탈 수는 있었다.

돌아갈 곳을 떠올린다. 이성민이 알고 있는, 이 세상에서 가장 안전한 장소.

"우웩!"

요정의 숲에 도착하고서, 이성민은 그대로 토악질을 해버렸다. 학살포식의 몸뚱이를 가지고 있다고는 해도, 공간도약을 네 번이나 해버린 것에 대한 여파는 어쩔 수가 없었다.

그것은 야나도 마찬가지였다. 이성민처럼 요란하게는 아니었어도, 야나는 최대한 자제하며, 머리를 돌리고 자세를 낮추어 먹은 것을 게워냈다.

"죽는 줄 알았네."

스칼렛의 표정도 그리 편안하지는 않았다. 그녀도 두 번이나 공간도약을 했기 때문이다. 그녀는 한숨을 푹 내쉬며 부축하고 있던 백소고의 얼굴을 힐긋 보았다.

"오는 길은 좀 느긋이 오지 그랬어?"

오슬라의 목소리가 들렸다. 머리를 돌리니 요정들의 한가운데에서 오슬라가 서 있었다.

그녀는 이성민과 야냐가 토해낸 것들을 보며 혀를 찼다. 오슬라의 곁에서 요정들이 코를 틀어막고 있었다.

"말했잖아. 아무리 네가 대단한 존재여도, 연속적인 공간도약은 몸에 너무 많은 무리를 줘. 재수가 없었더라면 육체와 혼이 분리되어 버린다고."

"어쩔 수 없는 상황이었습니다. 공간도약을 하지 않았다면 위험했을 거예요."

제니엘라는 의도적으로 이성민 일행이 도망치도록 해주었다. 만약 계속해서 싸웠더라면 어떻게 되었을까. 해봐야 아는 일이겠지만, 제니엘라와 제미니가 적극적으로 싸움에 임하지 않았다는 것이 불안하다. 적어도 그 상황에서는 백소고를 위해서라도 도망치는 것이 정답이었다.

"그래서…… 어때?"

오슬라가 백소고를 힐긋 보며 물었다. 그녀는 아직 눈을 감고 있었다.

"오슬라 님이 보기에는 어떻습니까?"

"질문을 질문으로 대답하지 마."

오슬라가 입술을 삐죽거리며 말했다.

"뱀파이어가 되지는 않았어. 뭔가 수작이 있는 것 같지도 않고…… 독…… 은. 일단 한 번 봐야겠는걸."

"부탁드립니다."

"너무 부려먹는 것 아니야?"

오슬라는 그렇게 투덜거리면서도 백소고의 손목을 잡았다.

오슬라의 날개가 빛을 발했다. 이미 운명을 바꾸는 것으로 선택을 내렸다. 그 뒤에 파멸적인 대가를 맞게 된다고 해도.

그것 역시 오슬라가 선택한 것이다. 그렇기 때문인지 오슬라는 이전보다 훨씬 더 적극적이었다.

"……음."

오슬라의 눈가가 찡그려졌다. 오슬라의 힘이 백소고의 몸 안으로 스며든다.

이성민은 그것을 걱정 어린 눈으로 바라보았다. 잠시 뒤에 오슬라가 머리를 가로저었다.

"확인해 보았지만, 뱀파이어의 장난질은 없어. 그냥 독뿐이야."

그것에 조금 안심했다. 백소고는 일 년 동안 퀸의 저택에 감금되어 있었다.

그중에 제니엘라나 다른 뱀파이어들이 백소고의 몸에 독 외에 다른 수작질을 벌여 놓지 않았나 걱정하였는데, 다행히 그런 일은 없는 모양이었다.

"기력이 많이 상해 있어. 학대를 받은 것 같지는 않지만……독이 너무 강해."

"어떻게 할 수 없는 겁니까?"

"나로서는 안 돼."

오슬라가 단언했다.

"요력 같은 것이라면 억지로라도 봉인하는 것이 가능하겠지만, 이 독은 그런 종류가 아니야. 진행을 늦추는 것…… 정도는 가능하겠지만. 내가 보기에는 그것도 이미 한계야. 적어도, 1년 동안 뱀파이어들은 이 여자가 죽지 않도록 모든 수단을 썼어."

왜 그렇게까지 한 것일까.

여전히 이성민에게 있어서 그것은 의문이었다. 왜 뱀파이어들은 그렇게까지 하면서 백소고를 살려두었는가?

이성민을 저택에 오게 하려고? 저택에 틀어박힌 제니엘라를 자극하여 밖으로 나오게 하기 위해? 그것도 이유 중 하나는 될 것이다.

제미니는 왜 백소고를 그냥 보내 주었을까. 왜 제니엘라는 이성민이 도망치도록 내버려 두었는가.

제니엘라의 미래안은 더 이상 미래를 보고 있지 않다. 하지만, 그렇다고 해서 이전에 보았던 미래가 모조리 부정되는 것은 아니지 않을까.

이성민은 그것에 대해서 오슬라에게 물어보았다. 운명이나 미래에 관한 것이라면 자신보다는 오슬라가 더 잘 알고 있을 것이라는 생각 때문이었다.

"미래가 보이지 않는다……."

오슬라의 얼굴이 우울하게 변했다.

"퀸의 미래안은 확정된 미래를 보여주는 것이 아니야. 미래에 일어날 가능성을 보여주는 것이지."

오슬라는 한숨을 쉬며 백소고의 몸을 천천히 잔디 위에 눕혀주었다. 이성민은 살짝 머리를 끄덕거렸다.

그것에 대해서는 제니엘라도 예전에 말했었다. 미래에 일어날 가능성. 그 가능성을 현실로 만들기 위해, 제니엘라는 수백 년을 들여서 움직여 왔다.

"미래안이 더 이상 미래를 보지 못한다는 것은 이 세상······ 에리아의 미래에 그 어떤 가능성도 남지 않았다는 것이지."

"······종언."

이성민은 작은 목소리로 중얼거렸다. 10년 동안, 다행스럽게도 세상은 멸망하지 않았다.

하지만 이 세상이 종언에서 벗어난 것은 아니다. 아벨의 희생으로 첫 번째 재앙인 김종현이 사라졌다.

위지호연은 종언을 막기 위해 긴 시간 던전을 떠돌고 있다. 학살포식 또한, 이성민의 정신세계 안에서 소멸했다.

그것으로 끝난 것이 아니다. 제니엘라가 바라는 것이 종언이라면, 그녀 역시 종언의 재앙 중 하나라고 봐야 한다.

그리고 학살포식이 비웃었던 것처럼 언젠가 정령의 여왕이 깨어날 것이다.

바꿀 수 있다.

이성민은 그것을 믿어 의심치 않았다. 반드시 출현해야 할 학살포식도 완전히 각성하지 못하고 소멸했다.

마령을 믿지 말라는 말을 듣기는 했지만, 마령의 행동이 거대한 변수가 되어 운명의 상당 부분을 개변한 것은 틀림없는 사실이다.

"음……."

누워있는 백소고의 입술이 살짝 열렸다.

이성민은 흠칫 놀라 백소고에게 다가갔다. 스칼렛도 급히 백소고의 곁으로 다가왔다.

이성민은 백소고의 머리를 받치고서 아공간 포켓에서 엘릭서를 꺼냈다.

엘릭서는 만능의 물약이다. 상처 회복은 물론이고 기력도 어느 정도는 회복시켜 준다.

이성민은 백소고의 입에 조심스레 엘릭서를 흘려보내 주었다.

[이 경우에는 입으로 먹여주는 편이 정석 아니냐?]

'뭔 놈의 정석?'

[왠지 그런 분위기잖아.]

허주가 낄낄거리며 말했다. 그러는 중에 감겨 있던 백소고의 눈꼬리가 파르르 떨렸다.

이성민은 꿀꺽 침을 삼키며 백소고를 내려 보았다. 천천히 백소고의 눈꺼풀이 위로 올라간다. 예전과는 다른, 탁함을 담은 회색 눈동자가 이성민을 보았다.

"……아."

백소고의 입술이 살짝 열렸다. 그녀는 멍한 소리를 내며 이성민을 보았다.

이성민은 도대체 어떤 말을 먼저 해야 하는 것인지 알 수가 없었다. 침묵 속에서 백소고의 머리가 움직였다.

그녀는 자신을 내려 보고 있는 스칼렛을 보았다. 걱정 가득한 스칼렛의 얼굴을 보면서 백소고는 천천히 머리를 갸웃거렸다.

"……꿈?"

그렇게 생각했다. 정신을 잃기 전에 보았던 것과 전혀 다른 것들이 보이고 있었으니까.

1년 동안 백소고는 트라비아의 지하 저택에 감금되어 있었다. 고문 같은 학대는 받지 않았지만 백소고는 철저하게 방치되어 있었다.

탈출조차 불가능했다. 독은 그녀의 몸을 나약하게 만들었고, 내공을 담은 단전은 얼어붙었다.

아무리 백소고가 초월지경의 고수라고 해도 내공을 쓰지

못하는 맨몸뚱이로 뱀파이어들이 가득한 저택을 자력으로 탈출하는 것은 불가능했다.

어느 순간부터는 정신도 제대로 유지하지 못했다. 잠드는 일이 많아졌다. 사실상 그것은 잠이라기보다는 기절이라고 해야 할 것이다.

그렇게 얼마나 시간이 지났을까. 이번에 정신을 잃기 전에 마지막으로 보았던 것은, 일 년 동안 질리게 보았던 지하의 어둠과 굵은 쇠창살, 차가운 돌바닥뿐이었다.

"……아닙니다."

이성민은 떨리는 목소리로 말했다. 그는 양손으로 백소고의 손목을 더듬어 감싸 쥐었다. 앙상하게 마른 손. 피부가 거칠다.

이성민은 머리를 푹 숙였다. 감정선이 나락까지 떨어지고 있었다. 비통한 슬픔이 안면근육을 떨리게 했다.

결국, 당신은. 10년 전에 말했던 것과 같은…… 자기 자신의, 편협한 잣대로 선과 악을 구분했다.

그리고 그때 웃으며 말했던 것처럼, 악을 멸하기 위해 혼자서 프레데터라는 괴물들에게 도전했다.

"……사저."

나라면 그렇게 할 수 있었을까.

모르겠다. 이성민에게는, 백소고와 같은 신념이 없었다. 그것이 편협한 것이라고 해도. 악을 멸하겠다는 백소고의 신념은 그녀에게 있어서 그 무엇보다 우선적이고 절대적이었다.

자기 자신의 목숨을 버리는 일이 있어도 반드시 해야만 하는 것이었다. 제정신이라면, 절대로 혼자서 라이칸슬로프 두령인 주원에게 도전하지 않을 것이다. 프레데터라는 인외 집단에게 도전하지 않을 것이다.

백소고는 도전했다. 비록 실패했다고는 해도. 그녀는 주원을 죽이려 했다.

주원을 죽이는 것에 성공했다면 망설이지 않고 트라비아로 북상하여 제니엘라에게 도전했을 것이다.

그런 백소고였지만.

이성민은 죽이지 않았다.

"……오랜…… 만입니다."

이성민은 백소고의 두 눈을 차마 볼 수가 없었다. 떨리는 손으로 백소고의 손을 더듬기만 할 뿐.

10년 전에 백소고는 이성민을 죽이지 않았다. 그녀의 잣대로 본다면 이성민은 죽여야 할 악이었을 텐데. 죽이지…… 않았다.

"사제……?"

꿈이 아니다.

백소고는 천천히 그 사실을 깨달았다. 자신의 손을 맞잡은 이성민의 손은 따뜻했다.

　1년 동안 느끼던 지하의 냉기와는 전혀 다른, 사람의 온기를 갖고 있었다. 빛이 죽어 있던 백소고의 두 눈에 천천히 빛이 들어왔다.

　그녀는 이성민을 보았고, 스칼렛을 보았다. 멀찍이 서 있는 야나를 보았고, 요정들 사이에 있는 오슬라를 보았다.

　백소고는 아무런 말도 하지 못했다.

　이곳은 어디인가. 나는 왜 이곳에 있는가. 그런 의문보다는, 눈앞에 이성민이 있다는 것이 백소고를 놀라고 떨리게 만들었다. 그녀는 뭐라 말을 하려 입을 열었고, 차마 말을 잊지 못해서 입을 닫았다.

　"……응."

　침묵은 짧았다. 하지만 이성민도, 백소고도. 그 짧은 침묵을 길게 느꼈다. 백소고는 대답과 함께 머리를 끄덕거렸다.

　"오랜만…… 이야."

　백소고는 그렇게 대답해 주었다.

"어때?"

제미니가 호기심 가득한 목소리로 물었다. 이성민 일행이 요정마를 타고 이 공간에서 사라진 직후였다.

제니엘라의 앞에 일어나있던 붉은 장막이 무너져 내렸다. 제니엘라는 뻗고 있던 손을 쥐었다 펴며 말했다.

"훌륭해."

그녀는 순순히 감탄을 터트리며 말했다.

"그는 볼 때마다 나를 놀라게 하고 있어. 인외 중에서도 이렇게 빠르게 발전하는 존재는 없을 거야."

"그래서? 귀창의 창이라면, 퀸에게 닿을 것 같아?"

제미니가 두 눈을 빛내며 물었다. 그 말에 제니엘라는 쿡쿡 웃으며 제미니의 머리 위에 손을 올렸다.

"닿는 것이야 언제고 가능하겠지. 그 창이 나를 죽일 수 있을지는 의문이지만."

"퀸은 죽음을 바라는 것은 아니잖아."

"결국 모두 죽게 되는 것을 바라는 것이지."

제미니의 질문에 제니엘라는 주저 없는 목소리로 대답했다. 그 대답에 제미니는 조금의 동요 없이 미소를 지었다.

제니엘라의 바람은 수백 년 전부터 알고 있었다. 모든 것을 죽이고 먹어치우는 학살포식.

학살포식이 먹어치우는 대상에 제니엘라라고 해서 예외인

것은 아니다. 제니엘라는 최후의 순간에.

학살포식이 이 세상 모든 것을 먹어치운 뒤에 기쁘게 학살포식에게 먹혀 죽는 것을 바람으로 삼고 있었다.

"그래서, 퀸. 1년 동안 어떤 결론을 내린 거야? 우리의 생각대로 귀창이 학살포식이었잖아. 비록 지금은 아니게 되었다고 해도."

"나는 학살포식이 출현하는 미래를 위해 수백 년을 행동해 왔어."

제니엘라는 천천히 공중으로 떠올랐다. 제미니는 제니엘라와 함께 지하 공간을 빠져나갔다. 그 뒤를 첸과 쿤이 침묵으로 따랐다.

"이제 와서 바뀌는 것은 아니야. 결국…… 학살포식이라는 것은 상징적인 것이잖아. 죽이고. 먹고. 그것이면 충분하지."

본래 제니엘라는 프레스칸이 만들어낸 키메라, 아이네가 학살포식일 것이라 예상하고 있었다.

그렇게 10년 전부터 아이네를 학살포식으로 만들기 위해 준비하고 있었다.

그래, 처음부터 제니엘라는 그랬다. 언젠가 학살포식이 나타나는 것을 기다리는 것이 아니라. 자기 자신의 손으로 학살포식을 만들기 위해 행동해 오고 있었다.

"미래가 보이지 않게 되어서 불안하지는 않아?"

"당황했을 뿐이야. 1년 동안 결론을 냈고. 어차피…… 내가 바라는 것은 끝이었으니. 끝이라면 보이지 않는 것이 당연하잖아?"

제니엘라가 붉은 정원을 가로지른다. 제미니는 그런 제니엘라의 등 뒤를 따랐다.

"변하는 것은 없어."

제니엘라가 말했다.

"그러니, 제미니. 네가 한 짓궂은 장난은, 탓하지 않을게."

"……얼랄라. 퀸, 무슨 말을 하는 것인지 모르겠는데."

"묵섬광을 그에게 돌려준 것을 말하는 거야."

"퀸은 내가 그렇게 하지 않는 것을 바랐던 거야? 그렇다면 미리 말이라도 해주지. 따지고 보면 다 퀸 잘못이야. 1년 동안 나한테도 말하지 않고 혼자 있었잖아."

거기까지. 제미니는 자신이 그리 행동한 것에 대해 더 이상의 변명은 하지 않았다.

제니엘라도 더 이상 제미니를 추궁하지 않았다. 둘은 그런 관계다. 처음 제니엘라가 제미니의 목덜미를 물었을 때부터.

"그리고, 퀸. 그 인간을 보내 준 것은 퀸이었어."

"부족하잖아."

제니엘라의 입꼬리가 올라갔다.

"나는 말이야, 제미니. 너도 알잖아. 정말 먹고 싶고, 갖고 싶은 것은…… 최대한 뒤로 미뤄 놔. 내가 가장 배고플 때. 내가 가장 먹고 싶을 때. 가장 갖고 싶을 때까지."

"아직은 아니란 거야?"

고작 그런 이유로 놓아주었다고? 확실하게 죽일 기회였는데. 제미니는 앞서 걷는 제니엘라를 보면서 피식 웃었다.

나는 그래서 네가 싫어.

제미니는 그 말을 굳이 입 밖으로 내지는 않았다.

이야기해 주었다.

어떤 일들이 있었는지에 대해. 모든 이야기를 듣고서 백소고는 두 눈을 감았다.

그녀도 그녀 나름대로 생각을 정리할 시간이 필요했기에. 혼자 있고 싶다.

잠깐이라도. 백소고의 바람은 들어주었다.

"감사합니다."

이성민은 다시 야나에게 감사를 표했다. 제니엘라와 끝을 보지는 않았다고 해도, 야나가 함께 가 준 덕분에 적극적으로 행동할 수 있었다.

이성민과 스칼렛이야 백소고와 인연이 있었다고는 해도, 야나는 백소고와 생면부지다.

그럼에도 야나는 이성민을 위해, 아니, 허주를 위해 제니엘라와 대적하는 자리에 함께해 주었다.

"스칼렛 님도 감사……."

"나한텐 말하지 마. 나도 백소고를 구하고 싶었으니까."

스칼렛이 내뱉은 말에 이성민은 쓰게 웃었다.

일이 잘 풀렸다. 아주 잘.

라이칸슬로프 소굴에 쳐들어가고, 제니엘라의 저택에서 가벼운 싸움도 겪었는데도 아무도 죽지 않았다. 심각한 부상도 입지 않았다.

"그래서, 어떻게 할 생각이야?"

스칼렛이 이성민을 힐긋 보며 물었다.

"당장은 눈을 떴지만, 상태가 그리 좋지는 않아. 어떻게든 조치를 취해야 해."

오슬라는 백소고의 독을 어찌할 수는 없다고 했다. 주원의 독…… 주원 본인이 온다고 해도 치료할 수는 없다고 했다.

저대로 두었다가는 독은 계속해서 백소고의 몸을 갉아먹을 것이다. 결국 그 끝에는 죽음뿐이다.

죽게 하고 싶지 않다.

당연히 그랬다. 백소고는 이성민에게 있어서 생명의 은인이었다. 이성민이 백소고의 목숨을 구했듯, 백소고도 이성민의 목숨을 구했다. 그리고 이번에도. 이성민은 백소고를 구할 생각이었다.

"……성인."

이성민이 입을 열었다.

"교회의 성인, 테레사를 찾아가 볼 생각입니다."

10년 전에, 게르무드의 김종현을 토벌하러 가는 길에 만났던. 성기사들의 보호를 받던 교회의 성인.

당시에, 테레사는 오슬라도 봉인하는 것이 고작이었던 요력을 완전히 정화할 수 있다고 장담했었다.

이성민이 미쳐 날뛸 때도 테레사는 그곳에 있었다. 다행히, 테레사는 그때 죽지 않았다.

"그리 좋아하지는 않을걸?"

스칼렛이 미간을 찡그리며 말했다. 당연하고, 어쩔 수 없는 일이었다. 10년 전에 이성민이 폭주했을 때.

그 바로 곁에 있었던 것이 테레사를 포함한 교회의 성기사들이었다. 이성민이 날뛰는 것에 성기사들도 적지 않은 피해를 입었었다.

"부탁이라도 해보죠."

필요하다면 협박이라도. 이성민은 진심으로 그렇게 생각하고 있었다. 10년 전의 일에 대해서도 사과는 할 생각이었지만, 만약 사과를 해도 부탁을 들어주지 않는다면.

"사제."

백소고가 이성민을 불렀다.

그것을 분명히 들었음에도, 이성민은 바로 반응할 수가 없었다. 떨리는 감정이 무엇인지. 모르는 것은 아니었다. 잘 안다.

이것은 두려움이다.

10년 전에, 백소고는 이성민을 죽이지 않았다. 죽일 수 있었는가 없었는가를 둘째치고 서도. 프라우에게 죽이고 싶지 않다고, 죽일 수 없다고. 그렇게 외치며 봉인해 달라고 하던 것은 백소고였다.

지금도 그럴까. 어쩌면, 변하지 않았을까. 10년 전에 죽이지 않았던 것을 후회하지 않을까.

사제지간의 정에 휘둘려 차마 죽이기를 결심하지 못했던 것을 후회하는 것이 아닐까.

"안 갈 거야?"

스칼렛이 물었다.

두려움을 씹어 삼킨다. 이성민은 천천히 몸을 일으켰다. 대화가…… 두렵다는 생각이 들었다.

나는 10년 전과 그대로인데, 다른 사람들은 아니다. 백소고가 보낸 10년은 그녀를 바꾸어 놓았을지도 모른다.

그렇다고는 해도. 이성민은 천천히 백소고에게 다가갔다. 그녀는 커다란 나무의 아래, 기둥에 등을 기대고 앉아 있었다.

힘없는 백소고의 눈을 보며 이성민의 가슴은 먹먹해졌다.

"고마워."

다가오는 이성민을 보면서, 백소고는 희미하게 미소를 지었다.

"나를…… 구해줘서. 나는 말이야. 사제가 나를 구하러 올 것이라고는 상상도 하지 못했어."

"……몸은…… 괜찮으십니까?"

"좋지는 않아. 힘이 많이 떨어졌거든. 내공도 거의 움직이지 않고…… 1년 동안 참 많이 생각했던 것이지만. 나는 너무…… 대책 없이 행동했거든."

백소고는 그렇게 말하며 두 눈을 감았다.

"어쩔 수 없는 일이기도 했지만. 사제는…… 어때? 몸은 괜찮아?"

"괜찮…… 습니다."

"나를 원망해?"

툭. 백소고가 던진 말이 이성민의 가슴 안으로 들어왔다. 이성민은 흠칫 놀라 백소고를 바라보았다. 백소고는 이성민의 대답을 기다리고 있었다.

"사저를 원망할 리가 없지 않습니까…… 10년 전에, 사저가 막아주지 않았다면……."

"아니, 그것을 말하는 것이 아니야."

백소고가 머리를 가로저었다.

"민폐잖아, 나."

쓰게 웃으며, 자조하듯이 뱉는 말. 그 말에 이성민의 눈이 흔들렸다. 그는 떨리는 손을 꽉 쥐며 백소고의 앞에 주저앉았다.

이러고 싶지 않은데, 몸이 마음 같지가 않았다. 이성민은 백소고를 노려 보았다. 백소고는 코앞에 있는 이성민의 두 눈을 보면서 천천히 말을 이었다.

"사제. 10년은…… 길어."

"……예."

"나는 10년 동안, 많은 일을 하고 싶었어. 악을…… 멸하고 싶었지. 이 세상의 악. 나는 나의 잣대로 선과 악을 구분하고자 했어. 편협하다고는 해도, 그렇지 않도록…… 대부분의 사람이 말하는 '악'을 지워나갔지."

적어도, 그런 백소고의 행동은 잘못되지 않았다. 10년 동안 백소고의 손에 많은 마두들이 죽었다.

그녀는 쉼 없이 세상을 떠돌았다. 들르는 곳에 존재하는 악을 바로 잡았다. 묵섬광 백소고의 이름은 협객으로서 드높아졌다.

"나는 내 신념을 쉽다고 생각한 적은 없었어. 하지만…… 무너지고 싶지 않았어. 결국, 이렇게 되어버렸지만 말이야. 나는…… 너무 아는 것이 없었던 거야. 인외라는 괴물들이 혈맹의 뒤에서 세상의 혼란을 일으키고 있다는 것을 처음 알았을 때. 나는 내 시야가 얼마나 좁았는가에 대해 깨달았어."

그래서 체페드로 갔다.

"프레데터. 그들이야말로 이 세상을 썩게 만드는 악의 근원이라고 생각했지. 사실, 나는 조금 지쳐 있었어. 10년 동안 세상을 떠돌며 악을 지워나갔지만, 도저히…… 세상은 평화로워지지 않았지."

무너지고 싶지 않았다.

"그들에 대해 알게 되었을 때. 나는 내 신념의 답을 찾은 것이라 생각했지. 그들을 멸한다면 세상은 평화로워질 것이라고. 아, 나도 알아. 이것이 얼마나 얕은 생각인지. 하지만…… 적어도. 여태까지 내가 해온 것과는 다른, 누구나 알 수 있는 뚜렷하고 확실한 변화가 찾아올 것이라 생각했어."

"……사저."

"나는 실패했지."

백소고는 감고 있던 눈을 떴다. 예전처럼 반짝이지 않은, 그 탁한 회색 눈을 들여 본다.

"중독되어 설원을 떠돌았어. 나는 죽음을 예감했고…… 그 순간에…… 모든 것이 그리웠어. 사제도, 스칼렛도. 정신을 잃고, 눈을 뜬 나는 트라비아의 지하 저택에 있었지. 그때, 나는 처음으로 뱀파이어 퀸을 보았어. 내가 확신했던 이 세상 악의 근원이 바로 내 눈앞에 있었지. 나는 너무나도 무력했지만 말이야."

아하하. 백소고가 마른 소리로 웃었다.

"그리고 결국에는, 내 손으로 봉인했던 사제의 도움을 받아 그곳에서 탈출하게 된 거야. 참…… 한심하지 않아? 민폐만 잔뜩 끼쳤잖아. 나 때문에 사제는 큰 위험을 겪었어. 내가 내 주제도 모르고 그곳에 가지 않았더라면, 사제가 그렇게 될 리는……."

"그만."

이성민은 더 이상 백소고의 말을 듣고 싶지 않았다.

"나는 사저를 민폐라고 생각한 적이 없습니다. 한심하다고 여긴 적도 없어요. 사저가 바라는 신념을 비웃고 싶은 마음도 없습니다. 악을 멸한다…… 하하, 악을. 그게 뭐가 잘못되었다는 겁니까?"

이성민은 손을 뻗어 백소고의 손을 잡았다.

"무슨 일이 있었던 겁니까."

이성민은 백소고의 얼굴을 노려보며 말했다. 백소고의 태도가 이상했다.

아무리 10년이라는 시간이 흘렀어도. 그녀의 정신이 이렇게 까지 나약해졌다는 것을 도저히 이해할 수가 없었다.

백소고는 자신의 손을 잡고 있는 이성민의 손을 내려 보았다. 따뜻한 손이었다. 백소고의 두 눈이 가늘게 떨렸다.

"종언."

백소고의 입에서 그 단어가 나왔다.

"모든 것의 끝. 제미니는 나에게 그것에 대해 말해주었어. 언젠가…… 아니, 머지않아서 세상이 완전히 끝나버린다고 말이야."

그것이 백소고를 무너뜨렸다. 악을 멸한다. 오직 그것 하나를 신념으로 삼고서 백소고는 살아왔다.

그럴 만한 힘을 얻기 위해 천 년 동안 데니르의 수행을 견뎌 냈고 므쉬의 산에서 끔찍한 고행을 버텨왔다.

종언은 백소고의 평생을 의미 없게 만드는 것이다. 아니, 비단 백소고 뿐만이 아니라.

이 세상 모든 존재가 해 온 평생의 노력은 종언이라는 것 앞에서는 의미가 없다.

멸망이 정해진 세상.

머지않아 모든 것이 끝나버리는 세상. 그것을 알게 된다는 것은, 자신이 살아온 삶과 해 온 노력을 모조리 부정당하는 것이다.

"막으면 됩니다."

이성민은 백소고의 눈을 들여 보며 말했다.

"반드시 정해진 끝이라고 해도 막을 방법이 있을 겁니다. 나는, 반드시. 종언을 막을 겁니다."

"……사제는…… 두렵지 않아?"

나약해졌다.

10년 동안 신념을 위해 살아왔다. 너무 올곧으면 쉽게 부러지기 마련이라고.

사마련주는 백소고의 신념에 대해 듣고서 그런 말을 했었다.

때로는 휘어지는 편이 낫다고.

올곧으면 쉽게 부러지기 마련이기에, 묵섬광은 빨리 죽을 것이라고 했었다.

아니면 절망하고 망가지던가.

사마련주의 말 대로였다. 백소고는 절망하였고, 망가져 가고 있었다. 그런 백소고의 모습은 이성민에게 너무나도 낯설었다.

"두렵습니다."

이성민은 주저 없이 말했다.

"나도 사람입니다. 어찌 두렵지 않겠습니까. 나는 죽음이 두려워요. 내가 여태까지 살아온 삶이. 내가 해 온 노력이. 나라는 인간이, 완전히 끝나버리는 것이 두렵습니다."

한 번 죽음을 겪었음에도, 이성민은 여전히 죽음이 두려웠다. 이 세상의 진실을 알게 되었기에 더욱 두려웠고, 지금 세상에 존재하는 나 자신이 결국에는 종언을 위해 안배되었던 것이라는 것도, 모두.

"두려우니까, 그것을 맞이하고 싶지 않아 발버둥 치는 겁니다. 사저. 나는…… 많은 일을 겪었습니다. 내 주변의 이들은 이 세상의 빌어먹을 종언에 맞섰고, 종언을 막기 위해 각자의 역할을 해가며 죽어 사라졌습니다."

사마련주와 아벨.

"누군가는 지금도. 어떤 식으로 찾아올지 모르는 종언을 막기 위해 고군분투하고 있습니다."

위지호연.

"나는…… 종언을 막을 겁니다. 반드시. 그렇게 하지 않는다면 나를 위해, 종언을 막기 위해 죽어간 이들에게 죄스러워서 견딜 수가 없어요. 나 자신이 이렇게 끝나고 싶지 않고, 더 오래 살고, 행복해지고 싶어서. 그래서라도 종언을 막을 겁니다."

백소고는 대답하지 않았다. 그녀가 품었던 신념은 자신의 무력함을 알게 되어 꺾어 부러졌다.

그것은 주원에게서 패배를 겪고, 그의 독에 중독되었기 때문이 아니었다.

종언이라는 확실한 끝 앞에서 자신이 아무것도 할 수 없는 작은 존재임을 알게 된 탓이었다.

"사저가 해 온 행동이 무의미한 것은 아닙니다."

이성민은 간절한 목소리로 말했다.

"사저 덕분에 나는 므쉬의 산에서 살아남았습니다. 사저가 나의 사저가 되어 무공을 가르친 덕에 나는 여태까지 살 수 있었습니다. 사저가 10년 전에 나를 막아주었기 때문에 나는 지금 이곳에 있습니다."

"……그것이…… 무슨 의미가 있다는 거야?"

"내가 종언을 막을 테니까."

이성민의 목소리에 백소고의 두 눈이 뜨였다.

"사저가 구한 내가, 종언을 막을 겁니다. 사저의 삶을 의미 없게 하지 않을 겁니다. 사저가 말한 선하고 평화로운 세상을 만들 겁니다. 악이 존재하지 않는 것은 불가능해도, 악이 적은 세상을 만들 겁니다."

그러니까, 제발.

"……절망하지 마십시오. 내가 절망하지 않은 것처럼."

그 말에 백소고의 머리가 천천히 숙여졌다. 그녀의 어깨는 가늘게 떨리고 있었다.

"······하······ 하하하."

울음기 찬 웃음소리가 그녀에게서 흘러나왔다.

"나, 참 추하다."

백소고는 그렇게 말하며 손으로 자신의 얼굴을 덮었다.

"사제는 훌륭해졌는데, 나는······ 참 추해졌어."

"추하지 않아요."

이성민은 백소고의 손을 감싸며 말했다.

"나는 사저의 독을 치료할 겁니다."

"······내가······ 도움이 될까?"

"예."

이성민은 눈물을 흘리는 백소고의 어깨를 끌어안았다.

"틀림없이."

이성민의 품 안에서, 백소고는 소리 죽여 오열했다.

to be continued

무공을 배우다

목마 퓨전 판타지 장편소설
WISHBOOKS FUSION FANTASY STORY

"무(武)를 아느냐?"

잠결에 들린 처음 듣는 목소리에 눈을 떴을 때,
눈앞에 노인이 앉아 있었다.

"싸움해 본 적 있나?"
"없는데요."

[무공을 배우다.]

20년 동안 무공을 배운 백현,
어비스에 침식된 현대로 귀환하다!

'현실은 고작 5년밖에 지나지 않았다고?'

나는 될 놈이다

글쓰는기계 게임 판타지 장편소설
WISHBOOKS GAME FANTASY STORY

판타지 온라인의 투기장.
대장장이로 PVP 랭킹을 휩쓴 남자가 있다?

"아니, 어디서 이런 미친놈이 나타나서……."

랭킹 20위, 일대일 싸움 특화형 도적, 패배!

"항복!"

'바퀴벌레'라고 불릴 정도로
끈질긴 생명력을 가진 성기사조차 패배!

"판타지 온라인 2, 다음 달에 나온다고 했지?"

평범함을 거부하는 남자, 김태현!
그가 써내려가는 신개념 게임 정복기!

우진 현대 판타지 장편소설
WISHBOOKS MODERN FANTASY STORY

다시 태어난 베토벤

1827년 한 남자의 죽음으로 고전 시대가 저물었다.

**그러나
그가 지핀 낭만의 불씨가 타오르니
비로소 새로운 시대가 열렸다.**

긴 시간이 흘러 찬란했던 불꽃도 저물어 갈 즈음.
스스로 지핀 불씨를 지키기 위해
불멸의 천재가 다시 태어났다.

〈다시 태어난 베토벤〉

**마치 운명이 문을 두드리듯
힘차게 손을 뻗어 외친다.**
"아우아!"

Wish Books

마왕성 플레이어

트레샤 퓨전 판타지 장편소설
WISHBOOKS FUSION FANTASY STORY

신들의 전장, 하멜.

집으로 돌아가기 위한 마지막 싸움.
믿었던 동료가 배신했다!

[영혼 이식의 대상을 선택해 주십시오.]

뒤바뀐 운명. 최약의 마왕. 그리고…….

"이번에는 좀 다를 거다!"

어둠 속에 날카로운 칼날을 감춘,
마왕성 플레이어의 차가운 복수가 시작된다.